— 書き下ろし長編官能小説 —

# 女子大ハーレム水泳部

河里一伸

JN018521

竹書房ラブロマン文庫

# 目次

この作品は、竹書房ラブロマン文庫のために
書き下ろされたものです。

# プロローグ

「あ、あの、由紀乃《ゆきの》さん？　本当に、僕が入ってもいいんですか？」

六月に入って、最初の月曜日の夕方前。水泳道具一式が入ったバッグを手にした堀内良介《ほりうちりょうすけ》は、聖桜《せいおう》女子大学の正門前で待っていた立花《たちばな》由紀乃に、そう怖《お》ず怖《お》ずと声をかけていた。

「大丈夫。水泳部の臨時監督の話は、わたしから学長に話して許可を取っているって、ちゃんと言ったでしょう？　まずは、正門の警備員室の受付で名前を書いてもらって、それからいったん事務室に行くから」

と、スーツ姿の由紀乃が、なだめるような口調で応じる。

K県の日本を代表する海水浴場から、一キロも離れていない場所にある聖桜女子大学は、普段は警備員と教職員以外の男性の立ち入りが厳しく制限されていた。

いわんや、良介は二十歳で、大学に通っていれば二年生の年齢だ。一人で門をくぐろうとしたら、たちまち警備員に追い払われてしまうだろう。

ただでさえあがり症だというのに、そんな原則男子禁制の場所に入ろうとしているのだから、平静を保てるはずがあるまい。

それでも結局、良介は由紀乃に背中を押されるような格好で、校門脇の警備員室の記帳簿に名前を書いた。そして、彼女に案内されて事務室へと向かう。

聖桜女子大学は、講堂や図書館や体育館に屋内プールも含《ふく》めた十棟の建物、それに広いグラウンドで構成されている。とはいえ、事務室が入っている棟は正門からもっとも近いので、徒歩で一分ほどしか離れていない。

ただ、何しろ女子大である。わずかな距離とはいえ、すれ違うのは皆うら若き女性ばかりだ。しかも、若い男性が構内にいるのが珍しいのか、いちいち好奇の目が自分に向けられているのが、はっきりと感じられた。そのある意味で不躾《ぶしつけ》な視線に、なんとも言えないいたたまれなさと、大きな緊張を覚えずにはいられない。

(うう、もう帰りたい。それにしても、僕なんかが女子大の水泳部の臨時監督だなんて、本当にいいのかな?)

由紀乃についていきながら、今さらのようにそんな思いが脳裏をよぎる。

良介は、二年前に大学受験に失敗し、高校卒業後はアルバイト生活を送っていた。

ただ、何しろ進学を完全に諦めたのが二月に入ってからで、しかもあがり症のせいで就職活動もままならなかった。そのため、これまでは見知らぬ他人と関わることが少ない肉体労働のアルバイトを主にしていたのである。

ところが半月ほど前、良介は経営不振を理由に、仕事先を急に解雇されてしまった。

もっと早く言ってくれれば、次の仕事を探せただろうが、あまりに突然の話だったため、なんの準備もできないまま良介は無職になってしまったのである。

もちろん、親元で暮らしていることもあり、アルバイトの給料がなくても生活には困らなかった。しかし、成人しているのに親におんぶにだっこというのは、いささか情けない。

（もうちょっと早くクビになっていたら、海水浴場の監視員のバイトに申し込んだかもしれないけど……まぁ、海開きは七月に入ってからで、どのみち一ヶ月は無収入になっちゃうからなぁ）

良介は、中学時代まで水泳部に所属しており、練習のタイムだけならば県大会でも上位に食いこめる実力を持っていた。ところが、大会本番で本来の力をまるで発揮できないことが続いて、高校時代は競泳自体を諦めたのである。

それでも泳ぐこと自体は好きだったので、ウォーターセーフティの資格を取り、昨夏は自宅から自転車で十分ほどの場所にある海水浴場で、監視員のアルバイトをしていた。

ただ、炎天下で事故やトラブルが起きないように見張り続けるのは、なかなかに心身をすり減らす。そのため、今年はやらないつもりだったが、仕事がなければ選り好みはしていられない。

そんなことを思っていた矢先、隣家に住んでいる由紀乃から「わたしが事務で働いている大学で、臨時監督をしない？」と声をかけられたのだった。

なんでも、大学の水泳部の監督が数日前に急病で入院してしまい、部員の面倒を見る人間がいなくなってしまったらしい。

聖桜女子大には屋内プールがあるのだが、事故に備えてプールの使用時は必ず学生以外の誰かが、監視員として立ち会う決まりになっていた。その役割を果たしていた監督が入院したので、このままでは水泳部の活動ができなくなってしまう。

そこで、大学の水泳部ＯＧであり、今でも時間があれば部員に交じってプールで泳いでいる由紀乃が、臨時の監督を置くことを思いついたらしい。

聖桜女子大の水泳部は、もともとプールの維持のために作られたような部活で、「競泳」ではなく「泳ぎを楽しむ」のを目的にしている。活動も、原則として月、水、金の週三日だけだそうだ。

そのため、監督に求められるのは指導力ではなく、事故を防ぐ監視員の役割だった。もちろん、部員から請《こ》われれば泳ぎを教えることもあるが、それは部の目的を考えると滅多にないと言っていい。

したがって、部活の時間に学校に来られて、いざというとき救助活動ができる人間であれば、監督業は務まる。

そうして、都合のいい人材を探しだしたとき、元水泳部でウォーターセーフティの資格を持つ良介が無職になった。それを知った由紀乃は、「良介くんなら条件が合う」と思ったそうである。

ただ、隣家同士でお互いに顔は見知っているものの、彼女とはそこまで親しい間柄ではない。それなのに、どうしてここまで自分の事情に詳しいのかと訝《いぶか》しんだが、どうやら良介の母が愚痴混じりに息子のことをあれこれと話していたらしい。

母の口の軽さに呆《あき》れつつも、話を持ちかけられた良介は当初、「女子大はちょっと」と断った。

何しろ、あがり症のせいもあり、良介はこれまで女子と交際した経験もなければ、風俗へ行ったこともない真性童貞なのである。そんな人間に女子大の、しかも水泳部の臨時監督など、さすがに荷が重いと言わざるを得ない。

いっそ、由紀乃自身がやったらどうか、とも思ったが、彼女は学生課で働いていて毎回プールに行けるわけではないらしい。それに、もしものときに救助活動ができる知識もないため、監督は難しいとのことだった。

そうなると、確かにあがり症で女性慣れしていない、という点を除けば良介は適任と言えるだろう。もっとも、その点こそが最大のネックなのだが。

しかし、由紀乃は「監督と言っても、基本はプールの監視員と思えばいいから」と重ねて説得してきた。さらに、「女の子に慣れる意味でも、ちょうどいいんじゃない？」と言われては、さすがに断りきれるものではない。

それに、良介は五年前に結婚した由紀乃が隣に引っ越してきてから、密かに憧憬《どうけい》の念を抱いていたのである。

髪はボブカットにしているが、意外なくらいに色香が感じられる美貌と、服の上からでも分かる素晴らしいスタイルは、思春期の少年には刺激的だった。彼女を孤独な指戯のオカズにしたことも、一度や二度ではない。

いくらあがり症で女性が苦手とはいえ、そんな憧れの相手からの頼み事となれば、そうそう無下《むげ》にもできなかった。

また、この性格をなんとかしないと一生女性に縁がないままになりかねない、という危機感は自分でも持っていたのである。

(確かに、これは多少なりとも女の人に慣れる、いい機会かもしれないな)

そう考えて、良介は臨時監督を引き受けたのだった。

しかし、女子大生たちから好奇の視線を浴びると、あがり症でネガティブな性格がすぐに頭をもたげてきて、せっかくの決意があっという間に萎《しぼ》んでしまう。

それでも良介は、首をすくめて身体をなるべく縮めながら、由紀乃のあとをついていった。

そうして事務室に入ると、諸々の書類などを提示されて、契約などの手続きと様々な説明が行なわれた。

大学が海水浴場から遠くないせいなのか、あるいは「泳ぎを楽しむ」という部の方針の問題なのか、水泳部の活動は良介の想像よりも低調である。

現在、部には七人の在籍者がいるものの四人は名前だけの幽霊部員で、実際に活動しているのは三人だけらしい。

また、今の部長は四年生で、普通なら夏休み前に引退するのだが、彼女は親の会社への入社が決まっており、引退期限の夏休み明けまで在籍し続けるつもりだそうだ。

「あとは、三年生が一人と二年生が一人で、一年生は幽霊部員だけなのよねぇ」

と、由紀乃が残念そうに言って肩をすくめる。やはり、ＯＧとしてはほとんど廃部寸前の状況に忸怩《じくじ》たる思いがあるのかもしれない。

（なるほど。実質三人しか部員がいないなら、監視員も一人で充分だな）

ちなみに、数年前まではプールを女性限定で一般にも開放していたらしい。だが、それにもかかわらず盗撮事件が起きたため、現在は大会で使うとき以外は外部への開放を取りやめているそうだ。

そうした説明を受けたのち、良介はその場で顔写真付きのＩＤカードを発行してもらった。これを首からぶら下げていれば、聖桜女子大学の構内への出入りに、いちいち警備員室で記帳する必要がなくなる、とのことである。また、カードにはＩＣチップが内蔵されていて、あちこちの出入りで使えるという。

そうして、部活が始まるより少し早い時間に、良介は由紀乃に案内されて体育館とは別に建てられた屋内温水プールへと向かった。

聖桜女子大学の屋内プールは体育館のすぐ横にあり、建物の高さはほぼビルの三階建て相当だろうか？　二階くらいの高さまでは壁になっており、その上は採光のためガラス張りである。築十五年になるらしいが、外観は綺麗でなかなか設備が整っていそうだ。

正面に、大きめのガラスの玄関扉があるのだが、由紀乃はそこではなくプールの建物の裏手に良介を案内した。そこには、ＩＣカードリーダーが付いた金属製の片開きのドアがある。

「良介くんの出入りは、基本的にここを使ってもらうわ。申し訳ないんだけど、ウチのプールには男子更衣室がないから、機械室にパーティションで仕切りを作って、臨時の更衣室を作ったの。ここからなら機械室も近いし、プールとの移動で学生と接触することも少ないから。それじゃあ、ＩＤカードをかざして」

そう彼女から指示されたため、カードリーダーにカードをかざすと、鍵がカチャリと音を立てて開く。

「良介くんのカードで開けられるのは、基本的にはここと機械室のドア、あとは部活に必要なところに限られているわ。プールの正面玄関はもちろん、体育館とか教室にも入れないから。それと、どこでカードをかざしたか記録が残るから、変なことに使おうとしたらダメよ？」

と、ドアを開けながら、由紀乃がからかうように説明を続ける。

「なっ……し、しませんよ、そんなこと」

思わず動揺しながら、良介は思わずそう言っていた。

実際、良介が自他共に認める美点は、「真面目で責任感が強いこと」である。この仕事を紹介してくれた女性の信頼を裏切るような行為など、少なくとも自分の意志でやろうとは思わない。

「ふふっ、冗談よ。良介くんが真面目なのは、お母さんからも聞いているし、ちゃんと分かっているから。信頼していなかったら、わたしだってキミにこの仕事を紹介しなかったわ」

そう言いながら、由紀乃は中に入った。

良介も、小さなため息をついて彼女のあとに続く。

そうして、裏口を入るとすぐに階段があり、そこを下りて少し進んだ通路横に、「機械室」と書かれたプレートのかかったドアがあった。

「ここが機械室よ。待っているから、水着に着替えてきて」

そう言われて、良介は「はい」とＩＤカードをカードリーダーにかざし、機械室のドアを開けた。

機械室内は、大きな熱源装置や濾過《ろか》装置が音を立てて動いており、換気されているはずだがかなり蒸し暑い。

室内の少し奥のところには、百八十センチほどの高さの四面パーティションが置かれていた。さらにパーティションの内側を見ると、一人用のスチールロッカーがある。この部屋なら、人目もないのだから、ロッカーはともかくパーティションなど必要ない気もした。しかし、こういうパーソナルスペースは心理面でありがたい、という思いもある。

そんなことを考えながら、良介はバッグを置くと服を脱いで競泳用の海水パンツを着用した。

それから、上にラッシュガードのパーカーを着る。本来、海水浴場で監視員をしていた際に、日焼けを防ぐために着用していたパーカーだが、さすがに女子大で競泳パンツ一丁の格好は色々と問題があろうと、上だけは隠すようにあらかじめ言われていたので持ってきていたのである。

そうして、服やバッグをロッカーにしまって準備を整えると、良介はタオルを手にして廊下に出た。

「お待たせしました、由紀乃さん」

「ううん、ちっとも。やっぱり、男の子の着替えは早いわねぇ」

良介の言葉に、由紀乃がそう応じながら笑顔を見せる。

そんな彼女の表情に、自然に胸が高鳴ってしまう。

そうして、人妻事務員に案内されて出た一階には、二十五メートルが八コース用意された、なかなかに本格的な競泳プールがあった。さすがに、観客席や高飛び込みの台はないが、プールサイドが広めに取られているので、ちょっとした大会に使うには充分だろう。

室温は、三十度を少し下回るくらいだろうか、ジッとしていれば汗ばむことはないものの、運動したらすぐに汗をかきそうだ。

また、入口側のスタート台のやや後方には、二メートルほどの高さがある監視台が設置されている。

「良介くんの仕事は、基本的にあの監視台でプールの監視をしてもらうことよ。今日、このあと水泳部のみんなに紹介したら、さっそく仕事に取りかかってもらうから。そうそう。男性が臨時監督で来るってことは、ちゃんと話してあるから、その点は心配しなくていいわ」

由紀乃がそう言った矢先、

「あっ、もう来ているみたいねぇ」

という女性の声が、背後から聞こえてきた。

振り向くと、バッグを手にした競泳水着姿の三人の美女が、こちらにやって来るのが目に入る。

一人は、やや長めの髪を茶髪にしている、見るからに大人びた整った美貌の持ち主だった。

しかし、見目麗《うるわ》しい顔立ちよりも目に付くのは、胸にある大きな二つのふくらみである。

由紀乃も、なかなかのバストサイズなのは薄着で見たときに分かっているのだが、彼女は明らかに一回り以上大きい。隣人を「巨乳」とカテゴライズするなら、あれは「爆乳」と呼ぶべきだろう。

もう一人は、ベリーショートの黒髪で、かなりボーイッシュな顔立ちの女性である。バスト周りは、由紀乃を含む三人と比べて控えめだが、それでも出るべきところがちゃんと出ており、一般的には充分に女性らしい体つきと見なされるだろう。髪型や体型から言えば、もっとも水泳選手向きと言えるかもしれない。

最後の一人は、四人の中で一番小柄で、並ばないと正確には分からないが良介より頭一つ分くらい小さいだろう。その割に、なかなか大きなバストの持ち主だ。

ただ、セミロングの黒髪で「可愛らしい」と言っていい美貌なのだが、今は幽霊でも見たような表情を浮かべていて、せっかくの愛らしさが台なしになっている気がした。しかも、良介の視線に気付いた途端、ボーイッシュ美女の後ろに隠れてしまったのである。

「みんな、ちょうどいいところに来たわね？　わたしたちも今し方、来たところだったのよ」

と、由紀乃が三人に向かって親しげに話しかけ、それから良介のほうを見る。

「彼が、わたしが話していた臨時監督の堀内良介くんよ。それじゃあ、良介くんにも水泳部で活動している子を紹介するわね。まずは、部長で四年生の真鍋《まなべ》さん」

その紹介に合わせて、爆乳美女が一歩前に出る。

「真鍋理香《りか》よ。よろしくね。『理香』って、名前で呼んでくれると嬉しいわ」

理香が、そう言ってウインクをした。この言動だけでも、彼女がかなり男慣れしていると想像がつく。

「それと、三年生の柊木《ひいらぎ》さん」

「柊木麻優《まひろ》だよ。よろしくなっ」

由紀乃の紹介に、ボーイッシュな美女が明るい声で挨拶をする。どうやら麻優は、見た目どおりの性格をしているらしい。

「最後に、二年生の藤《ふじ》井《い》美《み》春《はる》さん。良介くんと同い年なんだけど……彼女、ずっと女子校だったせいか、男性が苦手らしいのよねぇ」

と、由紀乃が困ったように紹介すると、美春が麻優の陰から顔を出し、「よ、よろしくお願いします……」と消え入りそうな声で言って、すぐに再び隠れてしまった。

隣人が、彼女だけフルネームを口にしたのは、自分では名前を言わないと分かっていたからだろう。

（僕も、女の人と話すのは得意じゃないから、藤井さんの気持ちは分かるけど……これは、僕以上に重症っぽいなぁ）

同い年の女子大生の態度に、良介はそう思わずにはいられなかった。

実際、良介は今も水着美女たちを前に、正直なところ目のやり場に困っており、またあがり症のせいで心臓も激しく高鳴っていた。

しかし、美春の態度は自分のそれを遥かに悪くしたものに思える。おそらく、日常生活にも支障があるレベルではないだろうか？

「まぁ、最初は仕方がないわね。別に男性恐怖症ってわけじゃないんだし、美春ちゃんも少しずつ慣れていけば、そのうち問題がなくなるんじゃないかしら？」

と、由紀乃が横からフォローを入れてきた。

彼女の予想は、いささか楽観的すぎる気はする。とはいえ、美春が良介と同じく異性との接点が少なかったせいで過剰に緊張しているだけであれば、いずれ大丈夫になる可能性は充分にあろう。

「それじゃあ、紹介も終わったし、わたしはそろそろ事務室に戻るわ。あとのことは、部長の理香ちゃんが教えてあげてね」

そう言って、由紀乃があっさり立ち去ろうとする。

「ええっ？　ゆ、由紀乃さんが最後まで教えてくれるんじゃないんですか？」

と、良介は思わず情けない声で訴えていた。

「わたし、学生課で今は四年生の就職活動絡みで仕事が色々あるのよ。臨時監督の件は、わたしが提案者で良介くんを見知っているから案内と紹介まではやったけど、あとは部員が教えるのが筋じゃないかしら？」

「そ、それはそうですけど……」

このように言われると、さすがに良介も反論の余地がなかった。

とはいえ、顔見知りの彼女がいたからまだ多少は緊張がほぐれていたものの、初対面の女子大生たちとプールに取り残されては、あがり症の自分がどうなるか分かったものではない。

「きっと大丈夫よ。頑張ってね」

こちらの不安をよそに、由紀乃はそう言ってプールから出ていってしまった。

これで、この場にいるのは良介と水泳部員の三人だけである。

そう意識しただけで、新たな緊張を覚えずにはいられない。

「えっと……そ、それじゃあ、部長の真鍋さん？　臨時監督と言っても、その、僕はなんにも知らないので……」

「ふふっ、大丈夫よぉ。わたしが、色々と教えてあ・げ・る」

こちらの言葉を遮《さえぎ》るように、理香がそう言ってスッと近づき、良介に身体を寄せてきた。すると、当然のように彼女の爆乳が腕に当たる。

（ななななっ……お、オッパイが腕に……）

水着越しだが、ふくよかで柔らかなふくらみの感触を腕に受けて、良介の頭はたちまちパニック状態に陥《おちい》っていた。

理香の態度から、男慣れした雰囲気は感じていたが、まさか由紀乃がいなくなった途端《とたん》にこのようなことをしてくるとは。

もちろん、彼女は乳房を強く押しつけてはいなかった。しかし、何しろ爆乳なので、軽くくっつかれただけでも柔らかさと弾力がはっきりと分かる。

ただ、もともと良介はあがり症な上に、異性への耐性もまったくと言っていいほどない。当然、こんな真似をされたのも初めての経験で、ふくらみをここまでしっかりと感じたことなど、人生で一度もなかった。いわんや、当たっているのは由紀乃を上回る爆乳なのである。

（こ、これが本物のオッパイの感触……）

当たり前の話だが、良介は自分を慰めるときに乳房の手触りを想像していた。しかし、実物の柔らかさと弾力は、腕で感じているだけで予想を遥かに超えている。これだけでも自慰のオカズになりそうだが、もしも手で触れたら、いったいどうなってしまうのか？

しかも、今までに経験がないくらい女性に密着されているため、ほのかな牝《めす》の香りが牡《おす》の本能を刺激し、海水パンツの奥で一物《いちもつ》が体積を増してきてしまう。

「あらあら、これだけで固まっちゃってぇ。もしかして、堀内くん……ああ、やっぱり名前で呼んじゃおうっと。良介くんって、女の子と付き合ったりしたことがないのかしらぁ？」

理香がそんな指摘をしてきたものの、パニック状態の良介は素直に頷《うなず》くことすらできずにいた。

「なあ、理香先輩？　初対面の男子を相手に、いきなり密着しすぎじゃないか？　良介、ガチガチじゃん」

と、麻優が呆れたように口を開く。

「ふふっ、ごめんなさい。ちょっとからかいすぎたかもね」

後輩からの注意を受けて、理香がようやく身体を離した。

（ふぅ。た、助かった。落ち着け、僕。こんなところでチ×ポを大きくしていたら、さすがに問題がある気がするぞ）

バストの感触と温《ぬく》もりが急速に失われたことに、良介は無念さと安堵《あんど》の気持ちを同時に抱きながら、平常心を取り戻すため深呼吸を始めるのだった。

# 第一章　爆乳女子大生の筆おろしプール

## 1

「良介くぅん、一緒に泳がなぁい？」

監視台に座っている良介に対して、プールから上がった理香が、やや前屈みになって甘えるような口調で声をかけてきた。

良介がいる位置からだと、ちょうど大きな胸の谷間が垣間《かいま》見える格好である。加えて、水に濡れた競泳水着が身体に密着しており、色気がいっそう増大して見える。

「ま、真鍋さん……あの、前から言っているんですけど、僕も一応は監督としているわけで、その、遊びに来ているわけじゃ……」

動揺を隠せないまま、良介はかろうじて視線を逸《そ》らしながらそう口にしていた。

今日で三回目の臨時監督業だが、二歳上の爆乳女子大生は何かにつけて良介に絡《から》んできていた。初日のような胸の軽い押しつけは毎回されていたが、このような行動は初めてだっただけに、さすがに動揺を抑《おさ》えきれない。

ちなみに、理香からは名前呼びをするよう求められていたが、良介は「臨時監督」という己《おのれ》の立場を鑑《かんが》みて、部員はすべて姓で呼んでいた。

もっとも、一回り以上年齢が離れた由紀乃ならともかく、歳の近い女性を名で呼ぶ度胸がない、というのも大きな理由だったのだが。

「ふふっ。そんなに慌てちゃって。本当に、良介くんはウブで可愛いわねぇ。やっぱり、からかい甲斐はあるわ」

楽しそうにそう言って、理香はあっさりきびすを返して監視台の前から去っていく。

（はぁ。ああいうのも、真鍋さんにとっては「からかい」なんだな……）

内心でため息をつきながら、良介は彼女との価値観の相違を痛感せずにはいられなかった。

真性童貞にとって、もともと理香の爆乳は目の毒と言っていいものである。それを押しつけてくるだけでも困りものなのだが、あのように挑発的に見せつけられると、そのあとも過剰に意識することになってしまう。

特に、このところ自室で一発抜くときも、腕に残る爆乳の感触をついつい思い浮かべているだけに、今し方の光景も目にすっかり焼きついていた。

一方で、ずっと女子校で男子との接触の経験がほぼなかったという美春は、ここまで良介と挨拶以上の会話をまともにしていなかった。

もちろん、本気で嫌なら部活に来ないはずなので、ちゃんと出席している以上、嫌われてはいないのだろう。しかし、性格の問題もあろうが、向こうから話しかけてくることも一切なかった。

もっとも、こちらも同い年の、いわんや競泳水着姿の女子大生と何を話していいのか分からないため、声をかけられずにいたのだが。

おまけに、美春は身長が麻優より小さいのにバストサイズは大きかった。しかも、百七十五センチの良介と身長差が二十センチあるぶん、目線を合わせようとすると自然に胸元を覗《のぞ》き見るような形になってしまうのである。そのせいもあって、ますます話しづらいというのも現実としてあった。

良介に過剰に絡んでくる理香と、性格や身長差からなかなか話せない美春。その中間がちょうどいい気はするが、どうにも上手《うま》くいかないものである。

そう考えると、ついつい「はあ～」と大きなため息がこぼれ出てしまう。

「こらっ、良介！　臨時とはいえ監督なら、もっとしゃんとしないとダメだろう!?　そんなことで、あたしたちが危なくなったときに、ちゃんと行動できるのかよ？」

と麻優の厳しい声がして、良介は我に返った。そうして下に目を向けると、一歳上のボーイッシュな女子大生が、先ほどの理香とほぼ同じ位置からこちらを睨《にら》みつけている。

「す、すみません。その、ちょっと、ボーッとしていて」

「ほら、そういう態度も！　まったく、男のくせにヘナヘナしててさ！　見ていて、なんかイライラするんだよ！　ふんっ」

そう言って、彼女はプイッとそっぽを向いて近くのスタート台に乗り、綺麗なフォームでプールに飛び込んだ。そして、クロールで泳ぎだす。

初日の最初こそ好意的な態度だった麻優だが、その後は良介に対する当たりが強くなっていた。

今の言葉にもあったが、彼女は見た目だけでなく性格や言動もボーイッシュだからか、どうやら気弱な男がお気に召さないようだった。もっとも、良介の場合はあがり症で女性との交際経験がないため、水着姿の女子大生たちの前だと言動がしどろもどろになってしまう、というのが大きいのだが。

（柊木さん、高校時代に肩を痛めて競泳はやめたって話だったけど、本当に綺麗なフォームで泳ぐなぁ。体つきも、いかにも水泳選手向きって感じだし……それに、真鍋さんと藤井さんも、スタイルがいいから……）

思い思いに泳ぐ水泳部員たちを監視台の上から見ながら、良介はついついそんなことを考えていた。

とにかく、年齢が近い美女たちの水着姿を見ているのは、真性童貞の良介にはいささか刺激が強すぎた。さすがに、競泳パンツ姿で分身を勃起させるわけにはいかないと、どうにか我慢はしているものの、自然に体積が増しそうになったのは一度や二度ではない。

なんとか耐えているのは、いったん引き受けた以上、契約が切れるまではやり遂げようという責任感の強さからである。

ましてや、この仕事を紹介してくれたのは隣人の由紀乃なのだ。身勝手な理由で辞めて、彼女の顔を潰すような真似はできまい。

ただ、その思いがなければ、ここまで刺激的な場所で仕事を続ける自信はなかった。

そんなことを考えながら、良介がついつい泳いでいる美女たちの姿に目を奪われていると……。

「こんにちは、良介くん。今日は、わたしも泳がせてもらうわね」

と、競泳水着にタオルを手にした由紀乃が、出入り口から姿を見せた。

（うわぁ。ゆ、由紀乃さんの……）

三回目の臨時監督業にして、初めて目にした彼女の水着姿に、良介は思わず目を奪われていた。

服の上から予想はしていたが、やはり隣人人妻はスタイルがいい。さすがに、胸の大きさは理香が勝っているが、全体的なバランスのよさという意味では、由紀乃に軍配を上げていいだろう。

もちろん、彼女は三十三歳と年齢的には良介より一回り以上も年上である。それでも、子供を産んでいないからなのか、あるいは不定期とはいえ水泳をずっと続けているからなのか、手足だけでなく腰回りも、水着の上から見た限りよく引き締まっていて、無駄な肉がないようだ。そのぶん、肉体も若々しく見える。

しかし一方で、彼女の全身からは大学生にはない妖艶《ようえん》さが醸《かも》し出されている気がして、どうにも目を離せない。

「良介くん、監督の仕事には慣れた？」

そう声をかけられて、ついつい彼女に見とれていた良介は、ようやく我に返った。

「えっ？　あっ……は、はい。その、なんとか……」

「そう、よかった。困ったことがあったら、遠慮なく言ってちょうだいね」

と言うと、由紀乃がプールサイドで準備運動を始める。

その姿すらも美しく見えて、良介はまた彼女に目を奪われてしまうのだった。

## 2

（う〜ん……これは、大丈夫なのかな？）

聖桜女子大学水泳部の臨時監督を引き受けてから、二週間ほど経ったある日。平泳ぎで泳いでいる理香を監視台の上から見ながら、良介は言いようのない不安に襲われていた。

と言うのも、今日は麻優と美春がそれぞれの事情から部活を休むことになり、プールに来ているのは四年生で時間がある彼女だけだったのである。

理香も休めば、部活自体がなくなって良介も休みになっていたはずだ。だが、一人でも「やる」と言う以上は、監督が休むわけにはいかない。

もっとも、日給制で部活が休みだと給料が入らないため、その意味では彼女が活動するのはありがたいのだが。

ただ、今日は由紀乃も忙しいらしいので、何かにつけてからかってくる二歳上の女子大生と、プールで二人きりの部活なのが確定しているのである。

これまで、理香には部活のたびに爆乳を押しつけられたり、大きな谷間を見せつけられたりと、性的な興奮を煽《あお》るようなことをさんざんされてきた。しかし、それでも比較的軽いスキンシップで済んでいたのは、おそらく麻優と美春がいたおかげであろう。だが、今日は彼女たちがおらず、つまりはストッパー役が不在なのだ。

だからなのか、先ほどから爆乳女子大生は「二人きり」をやたら強調して話しかけてくるなど、挑発的な言動を見せていた。今は真面目に泳いでいるものの、彼女がこのあと何をしてくるのか、という不安を良介が抱いてしまうのは、ある意味で仕方のないことだろう。

そんなことを考えていると、ターンをして戻ってきた理香がプールから上がった。

「ふはあ。さすがに、ちょっと休憩。良介くん、わたしが休んでいる間、泳いでいてもいいわよぉ」

と、水をしたたらせた爆乳女子大生が、こちらを見て声をかけてくる。

「ああ、確かに……」

他の部員がいたら、臨時監督の自分が泳ぐわけにはいかない。だが、今は理香しかおらず、その彼女がプールから上がっているなら、監視の必要もあるまい。

「それじゃあ、お言葉に甘えてちょっと泳がせてもらいます」

そう言って、良介は監視台から下りた。

とはいえ、温水プールであっても緊急時以外でいきなり飛び込むのはリスクがあるため、まずはストレッチで筋肉をしっかりほぐす。

そんな良介の姿を、理香は興味深そうに眺めていた。

(あんまり見つめられると、なんか緊張しちゃうんだけど……)

もともとがあがり症なことに加え、若い女性にこうもマジマジと見られた経験がないため、視線がどうにも気になって仕方がない。

それでも良介は、どうにか気持ちを落ち着けて第二コースのスタート台に乗ると、プールに飛び込んだ。そして、クロールで泳ぎだす。

(真鍋さん一人の視線だから、なんとか我慢できたな……)

少しペースを早めにして泳ぎながら、良介はそんなことを考えていた。

もしも、他の部員たちや由紀乃がいたら、おそらくもっと緊張して身体が強張《こわば》って、まともな早さでは泳げなくなっていただろう。

（本当に、こんな性格じゃなかったら、僕は高校時代も競泳を続けていただろうし、もしかしたら大学受験だって……）

ついつい、そんな思いが脳裏をよぎる。

単純な学力だけならば、良介はそれなりの大学に入れる実力があった。しかし、大学入試共通テストの日、会場に集まった受験者の多さに圧倒され、プレッシャーと緊張で頭が真っ白になって、普段なら簡単にできたような問題すらも、まるで解けなくなってしまったのである。

水泳だけでなく、大学受験でもこのような事態になるとは、我ながら予想外だった。

結局、あまりにも悲惨な点数しか取れず、これでは共通テスト利用入試の併用型にしても無駄だろうし、浪人しても同じことを繰り返すだけ、と進学を諦めたのである。

そんな自分が、女子大の臨時監督をすることになり、しかも今は大学のプールで泳いでいるのだ。なんとも、妙な気分にならざるを得ない。

（それもこれも、由紀乃さんのおかげなんだけど……まぁ、あのタイミングでバイトをクビになっていなかったら引き受けなかっただろうし、本当に巡り合わせとしか言いようがないよな）

などと考えながら、良介は二十五メートル先でターンをすると、往復の五十メートルを泳ぎ切って、いったんプール内で立ち上がった。

「ふう。やっぱり、泳ぐのって気持ちいいなぁ」

そんな感想が、つい口を衝《つ》く。

そうして、プールから出ようと第一コースに移動したとき。

「良介くん！」

と言う声と共に、理香が目の前に飛び込んできた。そして、こちらが驚いた隙を突くように抱きついてくる。

その唐突な行動に、良介は「ほえっ!?」と間の抜けた声をあげつつ、浮力のせいでバランスを崩しそうになって、半ば反射的に彼女を抱きとめていた。

(なっ……ななな、何がいったい、どうして!?)

あまりに突然の、かつ予想外の爆乳女子大生の行ないに、良介の思考回路は一瞬でショートしていた。

何しろ、これまでは腕や背中に胸を軽く押しつけてくる程度だったが、今回は正面から抱きつかれたのである。そのため、水着越しながらもふくよかなふくらみの感触が胸に広がったのが、はっきりと感じられた。

おまけに、バストの柔らかさや弾力はもちろん、体温や塩素臭が混じった牝の匂いも鼻腔から流れ込んでくる。

良介がパニック状態のまま固まっていると、理香はそのまま顔を近づけてきた。そして、あれよあれよという間に唇が重なる。

「んっ。んちゅ、ちゅば……」

唇に柔らかな感触が広がったかと思った途端、彼女が声を漏《も》らしながら、こちらの唇をついばみだす。

(ええっ!?　こ、これってキスされて……？)

良介は目を見開いたまま、自分の身に起きている現実を未だにきちんと把握できずにいた。

理香は、もともと良介に対してスキンシップが過剰気味だった。しかし、いきなり唇を奪われるなど想像の埒外《らちがい》である。おかげで、彼女を引き剝《は》がそうという考えすら浮かんでこない。

(……これは、夢？　いや、この感触が夢のはずはないよな？)

確かに、最近は自慰のときに爆乳女子大生の肉体を思い浮かべることが多かった。

だが、それは水着越しのふくらみの柔らかさや温もりといったもので、今まで味わったことのない唇の感触は想像レベルにとどまっていたのである。

それだけに、これが現実なのは否応《いやおう》なく理解せざるを得なかった。

目の前いっぱいに広がっている理香の美貌、より強くなった牝の芳香、そして唇から生じる心地よい感触と、そこをついばむたびにこぼれ出る彼女の甘い声。この生々しさがもしも夢ならば、自分の想像力が限界を突破したとしか思えない。

とにかく、味覚を除く四つの感覚を刺激されているため、ただでさえ爆乳を押しつけられて反応していた牡の本能が、ますます鎌首《かまくび》をもたげてしまう。

そうして、二歳上の女子大生のなすがままになっていたとき、不意に水の中の股間から、もどかしさを伴《ともな》った甘美な刺激がもたらされた。

（くうっ！　り、理香さんの手が、競泳パンツの上からチ×ポに触れて……）

キスをされているため、その目で確認できたわけではないが、これくらいは容易に見当がつく。

ただ、彼女の積極性に童貞の理解力がまったく追いついていないのだ。

すると、ようやく理香が唇を離した。それでも、肉棒を捉えた手は離そうとしない。

「良介くんのオチ×ポ、パンツの中ですごく大きくなってるぅ。わたしのオッパイの感触とキスで、こんなに興奮してくれたのね？　嬉しいわぁ」

熱っぽい目を向けられ、一物を弄《いじ》りながら甘い声でこのようなことを言われると、それだけでますます興奮が高まってしまう。

「なっ……なっ……なんで、こんなこと？」

股間からもたらされる心地よさをどうにか堪《こら》えながら、良介は絞り出すようにそう問いかけていた。

いくら、毎回のように胸を押しつけてきたり、からかったりといった行動をされていたとはいえ、爆乳女子大生の唐突な誘惑の理由が、まったく分からない。もっとも、それを考えられるほど思考力が回復していないのも、大きな要因ではあるが。

すると、理香が妖《あや》しい笑みを浮かべた。

「わたしね、色々あったせいで、もう二年近くセックスとご無沙汰していたのよぉ。それでもずっと我慢していたんだけど、良介くんが来るようになってから、オチ×ポが欲しいって気持ちが日に日に強まっちゃってぇ。しかも、普段はラッシュガードを着ているとはいえ、男性の競泳パンツ姿だもの。欲求不満になっていたら、我慢できなくなって当然じゃなぁい？」

そう言いながら、彼女は陶酔《とうすい》した表情で競泳パンツ越しに手をしごくように動かした。おかげで快感がもたらされて、「くっ」と声がこぼれ出てしまう。

「ああ、これぇ。すごく硬くて、ますます大きくなってぇ。良介くんも、本当はわたしとエッチしたいんでしょう？」

理香のあけすけな言葉に、良介は言葉を返せなかった。

爆乳女子大生がセックスの経験者であろうことは、日頃の言動から想像はついていた。しかし、ここまであからさまに誘惑してくるというのは、さすがに思いもよらなかった事態である。

（そ、そりゃあ、真鍋さんみたいにオッパイの大きい美人が初めての相手なら、文句はないけど……）

もちろん、良介としては由紀乃に惹《ひ》かれる気持ちはあった。だが、彼女は人妻である。妄想でならともかく、現実で既婚者を口説く度胸など持ち合わせていない。

そういう意味で、理香からの誘惑は渡りに船と言えた。

真性童貞とはいえ、良介も人並みに、いやもしかしたらそれ以上の性欲を持つ男子である。当然、実際に知らないぶん、セックスへの興味や憧れは人一倍、抱いていたのだ。

正直、隣人から女子大での臨時監督の話があったとき、エロ漫画などでありそうなこういうシチュエーションへの期待をまったく抱かなかった、といったら嘘になる。

しかし、現実にこのような状況になると、頭が真っ白になって何をどうすればいいのかも分からなくなってしまう。

「あ、あの、ここはプールで、誰か来るかも……」

多少の思考力と理性を取り戻した良介は、絞り出すようにそう言って、爆乳女子大生をどうにか引き離そうとした。

ところが、理香は腕により力を込めて、

「んふっ。オチ×ポ、こんなに大きくしておいて、そのまま帰れるのかしらぁ？　良介くん、女性経験がないわよね？　ねえ？　想像じゃなくて本物の女のことを、もっとよく知りたくなぁい？」

と、耳元で甘く囁《ささや》くように言う。

確かに、ここまでされて肉棒がいきり立ってしまった以上、もはや一発抜かないと収まりがつきそうになかった。それに加えて、女性のことを教えてくれるという発言にも、真性童貞の心が著《いちじる》しく刺激されてしまう。

彼女の匂い、体温、バストの感触、そして悪魔の誘惑のような甘い言葉。

それらすべてが、キスに続いて牡の理性の壁を叩き壊そうとする。

（ううっ……こんなことされて、我慢なんてできるはずないじゃんか！）

二歳上の爆乳女子大生の誘惑に、奥手な良介の良心もとうとう決壊してしまうのだった。

### 3

「んっ……んむ、んぐ……」

「ううっ！　ま、真鍋さんっ、それ、よくて……はううっ！」

爆乳女子大生のくぐもった声に被《かぶ》せて、良介は呻《うめ》くようにそう口走っていた。

良介は今、彼女に求められて下半身を露《あら》わにし、プールサイドに腰かけていた。

一方の理香はというと、プールに入って勃起した陰茎を咥《くわ》え込み、熱心なストロークをしている真っ最中である。

初めてのフェラチオ、そしてプール内に響くディープスロートの音と肉棒からもたらされる心地よさに、良介はただただ酔いしれることしかできなかった。

すると、爆乳美女がペニスを口から出して顔を上げた。

「ぷはあっ。はぁ、はぁ……良介くんのオチ×ポ、大きくて咥えるのも大変。ふふっ、でもとろけそうな顔をして、可愛いわぁ。そんなに、気持ちよかったのかしらぁ？」

「そ、それは……はい。真鍋さん、よすぎて……」

楽しそうな彼女の問いかけに、しどろもどろになりながらどうにか応じる。

しかし、それを聞いた理香が、やや不満げな表情を浮かべた。

「ねぇ？　やっぱり、『理香』って呼んでくれなぁい？」

「えっ？　いや、でも、女の人を名前で呼ぶなんて……」

「由紀乃さんのことは、名前じゃない？」

「それは、その、お隣さんですし、母の影響で……」

彼女のツッコミに、良介はそう答えるしかなかった。

もちろん、母親が「由紀乃さん」と呼んでいたのが自分にも移った、というのは決して嘘ではない。しかし、自慰のオカズにしている最中に、心の中で名を呼んでいるうちに染みついたというのも、大きな理由としてあった。

もっとも、後者は人様に話せるはずもないが。

「はぁ。良介くんは、本当に真面目なのねぇ？　でも、こんなことをしているんだし、もうわたしも名前で呼んじゃっていいんじゃないかしらぁ？」

その理香の指摘に、良介は返す言葉もなかった。

もちろん、性行為をしている仲だから名を呼ばなければならない、という法があるわけではない。しかし、フェラチオまでしてくれている相手が名前呼びを求めているのを拒《こば》むのは、確かにかえって失礼な気もする。

「じゃあ……り、理香さん……」

「ふふっ、よろしい。それじゃあ、続けるわね。レロ、レロ……」

ためらいながらも良介が名を呼ぶと、理香が嬉しそうな笑みを浮かべて応じた。そして、また先端を舐《な》め回しだす。

「ンロ、ンロ……レロロ……」

彼女は、ネットリした舌使いで亀頭からカリ、さらに裏筋を舐め上げた。そうして、ひとしきり一物に唾液《だえき》をまぶすと、再び「あーん」と口を大きく開けて肉棒を含み、ストロークを開始する。

「んっ、んっ、んむっ、んぐ……」

(ああ、これがフェラチオ……本当に、すごく気持ちいい！)

快楽でとろけた頭の中には、そんな感想しか浮かんでこない。

女性にこうされることを、いったいどれほど夢に見て、一物を己の手でしごいてきただろうか？　その憧れの行為を今、現実に経験しているのだ。

こうして実際にされると、感触はもちろんのこと舌や口の熱や唾液のヌメリなど、想像だけでは補いきれない生々しさがはっきりと感じられる。

それに、先端部をネットリと舐め回す彼女の舌使いや、ペニスを口に含んでのストロークでもたらされる心地よさは、自分の手でしごくのとは比べものにならないほど鮮烈だった。その動きは当然として、口内の温かさや感触も劣情を刺激してやまないのである。

ただ、浮力があるからだろう、「フェラには慣れている」と言っていた割に爆乳美女の動きはやや不安定だった。もっとも、それがイレギュラーな快感をもたらしてくれているのも、間違いないのだが。

いずれにせよ、この気持ちよさを知ったら、もはや孤独な指戯では満足できなくなってしまいそうだ。

そんなことを思っていると、理香が顔の動きを止めて、また肉茎を口から出した。

「ふふっ。先っぽから、先走りが出てきて……良介くん、もうイッちゃいそうなんだあ？」

からかうように問われたものの、良介はそれに答えることができなかった。

事実、予想していた以上の心地よさに、射精感が込み上げてくるのを我慢できず、カウパー氏腺液が縦割れの唇から溢《あふ》れ出していた。おそらく、あと少しの刺激であえなく達してしまうだろう。

しかし、あまりに早すぎる気がして、情けなさが先に立って何も言えなくなってしまったのだ。

「初めてじゃあ、早くても仕方がないわよ。ま、わたしもご無沙汰だったし、自分がプールに入ったままのフェラなんて初めてだったから、ちょっと不安はあったんだけどね。ちゃんと気持ちよくなってくれていたみたいで、安心したわ。嬉しい」

と、理香が妖艶な笑みを浮かべる。

どうやら、「早漏」と呆れるような悪感情は、特に抱いていないらしい。

「だけど、そうねぇ……このまま、射精までさせちゃってもいいけど……あっ、そうだ。もっといいこと、してあ・げ・る」

何を思いついたのか、そう言って理香が悪戯《いたずら》を思いついたような表情を見せる。

(いったい、真鍋……理香さんは、何をする気なんだ?)

そんな疑問を抱きつつ、フェラチオの余韻で思考が鈍った良介は、ただただ彼女を見つめることしかできなかった。

「あー……でも、フェラでも不安定だったから、このままだとちょっとやりにくいかも？　じゃあ、プールから出るわね？」

そう言葉を続けると、爆乳女子大生がプールから上がった。

（それにしても、やっぱり理香さんってすごい身体をしているなぁ）

良介は、水をしたたらせる理香の水着姿に、改めて見とれていた。

間近で見ると、爆乳女子大生が放つ色気は、とても二十二歳のものとは思えなかった。しかも、それが「濡れた競泳水着」というアイテムによっていっそう強調されて、見ているだけで牡の本能が刺激されてやまないのである。

「良介くん、身体の向きをこっちにして寝そべって」

その理香の指示に、良介はもはやあれこれ考えることもできず、素直に従った。

すると、彼女は水着のストラップを外して、自身のウエスト部分まで引き下ろした。

当然、そうなると二歳上の美女の水に濡れた釣り鐘《つりがね》形の爆乳が、バインという音が聞こえそうな勢いで露わになる。

（うおっ。あ、あれが理香さんの生オッパイ……）

良介は、二つの大きなふくらみに思わず見入っていた。

生の乳房を見たこと自体、少なくとも物心がついてから初めてだった。いわんや、これほどの爆乳をここまで近くで見たことは一度もない。

（すごくでっかくて、とっても柔らかそう……なんか、水着のときより大きく見えるけど、競泳水着の締めつけのせいかな？）

そう考えると、彼女のふくらみの魅力は裸になってこそ発揮されるのではないか、という気がしてならない。

また、釣り鐘形の巨大なバストの頂点に存在しているやや大きめの乳暈《にゅううん》と乳頭が、なんとも言えない生々しさと色気を醸し出している。

乳房に目を奪われ、そんなことを考えていたため、良介は爆乳美女が何をする気なのかをすっかり失念していた。

「さて、それじゃあ……」

舌なめずりをしそうな妖しい笑みを浮かべながら、理香が身体を倒してきた。そして、胸を勃起したままの一物に近づける。

それから彼女は、乳房の大きな谷間で陰茎を包み込み、両手で挟んだ。

「ふああっ！　そ、それはっ……!?」

思いがけない行動に、良介の口から思わず素《す》っ頓狂《とんきょう》な声がこぼれ出る。

それに構わず、肉棒を爆乳の間にスッポリと挟み込んだ女子大生は、手で小さく乳房を動かしだした。

「んっ、んっ……んふっ、んんっ、んっ……」

そうして、彼女が声を漏らしながらふくらみを左右交互に動かすと、挟まれた分身からフェラチオとは異なる快感がもたらされる。

「ふおおっ！　こ、これ……はううっ！」

予想外の心地よさに、良介はおとがいを反《そ》らして我ながら情けない声をプールに響かせていた。

（こ、これって、パイズリじゃん!?）

今さらのように、そのことに思いが至る。

さすがに、良介もアダルト動画やエロ漫画で目にしていたので、この行為自体は知っていた。それに、自分がされるのを想像したことも多々ある。

だが、現実にされてみると、その気持ちよさは手や口とまったく異なるものだった。

もちろん、理香は寝そべったこちらに覆《おお》い被さるような体勢なので、動き自体は小さい。しかし、それでも柔らかさの奥に弾力を兼ね備えた爆乳の感触と、それによって擦《こす》られる心地よさはしっかりと感じられた。

正直、立ったままもっと大きな動きのパイズリをされていたら、あっという間に達していただろう。

「わたしのオッパイでも、先っぽが出るなんてぇ。本当に、立派なオチ×ポねぇ？　ご褒美をあげるぅ。レロ、レロ……」

と、理香が手を動かしながら先端部に舌を這《は》わせだした。その動きは、明らかに先走り汁を舐め取るためのものである。

「はおうっ！　こっ、これっ……ふああっ！」

舌で先っぽを舐められる感触と、乳房で竿《さお》をしごかれる感触が一度に脳に流れ込んできて、良介はおとがいを反らしながら素っ頓狂な声をプールに響かせていた。

パイズリフェラも、知識としては知っていたものの、実際にされるとは思ってもみなかったことである。

その想像を遥かに上回る心地よさを前に、良介の思考回路は呆気《あっけ》なくショートしてしまった。

一本のペニスから、二種類の鮮烈な刺激が同時にもたらされる感覚は、真性童貞が耐えられるレベルを超越していた。これほどの気持ちよさを味わったのは生まれて初めてだ、と言っていいだろう。

良介はもはや何も考えられなくなって、与えられる快感にドップリと溺れていた。

この甘く温かな快楽の沼に、永遠に浸《ひた》っていられたら、いったいどれだけ幸せなことか？

だが、そんな思いも虚《むな》しく、甘美な刺激によって腰の熱が陰茎の先に向かって一気に込み上げてきてしまった。これが射精の予兆なのは、いちいち考えるまでもなく分かっている。

「ああっ、理香さん！　ぼ、僕……」

「んっ。レロロ……んふっ、んっ、チロロ……」

良介がそう口にするのと、爆乳女子大生が乳房を動かす手に力を込め、さらに舌の動きに熱を込めたのは、ほぼ同時だった。おそらく、彼女もこちらの限界を察していたのだろう。

そうして、鮮烈な刺激がいっそう強まると、ただでさえ切羽詰まっていた感覚が、よりいっそう増していく。

「くはあっ！　もうっ……ふあああっ！」

限界に達した良介は、我ながら情けない声をあげるなり、爆乳女子大生の顔や乳房に大量の白濁液《はくだくえき》をぶっかけていた。

「ひゃううんっ！　いっぱい出たぁ！」

理香が甲高《かんだか》い悦《よろこ》びの声をあげて、避ける素振りも見せずにスペルマを顔面でしっかりと受け止める。

（り、理香さんの顔を、僕の精液が汚して……）

その夢のような光景を、良介は射精の虚脱感に浸りながら呆然《ぼうぜん》と見つめていた。

# 4

「ピチャ、ピチャ……んむ……」

顔に付着した白濁液を手で拭《ぬぐ》った理香が、ためらう素振りも見せずにそれを口に含んで飲んでいく。

「ふはあ……とっても濃いの、すごくいっぱぁい。これなら、顔にかけてもらうんじゃなくて、口内射精にしておけばよかったわぁ」

顔のスペルマをあらかた処理し終えると、爆乳女子大生は妖しい笑みを浮かべて、そんなことを口にした。

(パイズリフェラで顔射……すごく気持ちよくて……)

良介のほうは、自慰とは比較にならない射精の心地よさの余韻に浸っていて、彼女の言葉など耳に入っていなかった。

何しろ、これが夢なら二度と目覚められなくても後悔しない、と思うほどの快感を得たのは、人生で初めてだったのである。おかげで、思考が停止したまま、ただただ呆然とすることしかできない。

　すると、理香が身体を起こして、腰にまたがってきた。

「ああ、まだオチ×ポ元気でぇ……わたしも、濃いザーメンをお口に入れたせいで身体が疼《うず》いちゃって、もう我慢できないのぉ。ゴムはないけど、このまま良介くんの童貞オチ×ポ、もらっちゃうわねぇ？」

　と言うと、彼女は躊躇《ちゅうちょ》する様子もなく片手で一物を握った。

　途端に、また快感がもたらされて、良介は思わず「うあっ」と声をこぼしてしまう。

「ふふっ、いい反応。わたしも、なんだかゾクゾクしちゃう」

　楽しそうにそう言うと、爆乳女子大生は空いている手で水着の裾をかき分け、秘部を露わにした。

　彼女の股間は濡れそぼっており、短めに整えられた恥毛も濡れている。ただ、もともとつい先ほどまで泳いでいたので、それが水によるものか別のものによるものかは、一見すると判断がつかない。

　理香は、そのまま肉茎と自分の秘裂の位置を合わせた。そして、腰を下ろしだす。

「んんっ……ああっ、入ってきたぁ！」

　爆乳美女の嬉しそうな声と共に、肉棒が生温かな肉襞《にくひだ》に包まれていく。

「んはあっ、オマ×コかき分けられてぇ……はあああぁぁぁぁん!!」

最後まで腰を下ろしきるなり、彼女が甲高い声をプールに響かせてのけ反った。

どうやら、あっさり達してしまったらしい。

そうして小刻みに身体を震わせてから、女子大生は前のめりになって良介の腹に手をついた。その行動だけで、爆乳がたゆんと大きく揺れる。

「んああ……オチ×ポ自体久しぶりだし、生っていうのもあるんだろうけどぉ……良介くんの、奥まで届いて気持ちよすぎぃ。これ、もしかしたら理想のモノに巡り会っちゃったかもぉ」

と、独りごちるように口にしてから、理香がすぐに濡れた目をこちらに向けてきた。

「良介くぅん？　これが、本物の女の中よぉ？　童貞を卒業した今の気分は、どうかしらぁ？」

笑みを浮かべながら、そう問いかけられたものの、良介はそれに答えられずにいた。

(お、オマ×コの中……すごく熱くて、ヌメヌメしていて、締めつけてきて……)

分身を包む、手や口や乳房と異なる感触は、こうしてジッとしているだけでも心地よさをもたらしてくれる。

それに、生温かな膣肉がペニスに絡みついてくる心地よさは、とても言葉にできるものではなかった。

おかげで、童貞を卒業したことより、初めて味わった膣内の感触に対する感動が勝っていて、彼女の問いかけに答えるという発想すらできなかったのである。

それでも爆乳女子大生は、こちらの心理を読んだように笑みを浮かべた。

「ふふっ。その表情を見れば、返事をする余裕もないのは分かるから、許してあげる。でも、セックスは挿《い》れただけで終わりじゃないのよぉ？　わたしが動いて、もーっと気持ちよくして、あ・げ・る」

からかうようにそう言うと、理香は身体を起こし、腰を小さく上下に動かしだした。

すると、肉棒と膣肉が擦れて、得も言われぬ快感が発生する。

「んっ、んっ、あんっ、いいっ！　んあっ、良介くんのっ、あんっ、オチ×ポッ、んあっ、子宮口をっ、はうっ、ノックしてぇ！　あうっ、ああっ……！」

たちまち、爆乳女子大生がおとがいを反らして、悦びの声をプール中に響かせだした。それでも上下動をやめようとしないのは、それだけ気持ちいいからなのだろう。

（くうっ！　理香さんが動くと、チ×ポがどんどんよくなって……すごくいいっ！）

良介のほうも、分身から生じる鮮烈な心地よさに、あっという間に夢中になっていた。

何しろ、もともとヌメりながら絡みついてきていた膣肉が、抽送《ちゅうそう》によって一物をしごいているのである。その不思議な感触は、手や口とはまったく異なる未知のものと言っていい。

また、それによってもたらされる快楽は、孤独な指戯はもちろん、フェラチオやパイズリとも一線を画《かく》すものに思えた。

「あんっ、あっ、あっ、これぇ！　はうっ、あんっ、ああっ……！」

喘《あえ》ぐ理香の動きも、次第に大きくなっている。どうやら彼女も、快感を貪《むさぼ》ることに没頭しているらしい。

そうして、二歳上の女子大生が動くたびに、大きなバストがタプンタプンと激しく揺れる。それが甘い喘ぎ声と相まって、なんともエロティックに思えてならない。

良介が、初めてのセックスの心地よさに浸りながら、そんなことを漠然と思っていると……。

「あっ、あっ、やんっ！　んあっ、ダメぇ！　ああっ、また来ちゃうぅぅ！　ああっ、もうっ……んはあああぁぁぁぁぁ!!」

不意に、理香が切羽詰まった声をあげると、おとがいを反らして動きを止め、たちまち絶頂の声を一帯に響かせた。

彼女は、ひとしきり身体を小刻みに震わせて、すぐに虚脱して再び前のめりになると良介の腹に手をついた。

「んはあああ……先に、イッちゃったぁ。久しぶりで、我慢しきれなかったのもあるけどぉ……このオチ×ポ、気持ちよすぎぃ」

理香が、陶酔した表情を浮かべながら、そんな感想を口にする。

しかし、予想外の出来事の連続で、良介はその言葉の意味を考えることすらできずにいた。

「はああ……このまま、騎乗位で続けようかと思っていたんだけどぉ、こっちがちょっと耐えられなくなっちゃいそう。あとは、レッスンがてら良介くんにしてもらおうかしらぁ？」

そう言うと、爆乳女子大生がノロノロと腰を持ち上げた。

そうして分身が外に出ていくにつれて、膣肉に包まれた感触も失われてしまう。それが、今はなんとも寂《さび》しく思えてならない。

ペニスを完全に抜くと、理香が良介の上からどいた。

「良介くん、身体を起こして」

そう指示されて、良介は疑問を抱く間もなく「あっ、はい」と起き上がる。

すると、入れ替わるように彼女は床に仰向《あおむ》けになった。

「今度はぁ、キミがここにオチ×ポを挿《い》れてぇ」

と、爆乳女子大生が自ら脚をM字に広げ、水着とインナーショーツをかき分けて秘裂を指で割り開いて見せながら、甘い声で誘ってくる。

(お、オマ×コが……)

良介は、思わず目を見開いて、そこを凝視していた。

このようなアングルで女性器を見られる日が来るとは、まったく予想もしていなかったことである。

何しろ、合法的なアダルト動画やエロ漫画では、モザイクか墨で隠されているところが、今はほぼ無防備と言っていい状態で晒《さら》されているのだ。

しかも、薄く整えられた恥毛とややめくれた秘唇が、なんとも言えない淫靡《いんび》さを醸し出している。

ただ、こうして見ると入り口は意外に小さく感じられて、つい今し方まで自分のモノが入っていたとは思えなかった。

「どうしたのぉ？　見とれてないで、早くオチ×ポをここにちょうだぁい」

艶《つや》のある声でそう求められて、良介は我に返って「は、はい」と慌てて応じた。そして、彼女の脚の間に入ると、一物を握って秘裂に先端をあてがう。

（ゴクッ。こ、ここにチ×ポを挿《い》れるのか……しかも、自分で）

先ほどは理香にされるがままだったが、今度は自ら挿入しなくてはならない。そう意識すると、今さらのように緊張を覚えずにはいられなかった。

「ああ……ねえ？　早く、早くぅ」

なんとも切なげな女子大生の訴えを前に、あえなく牡の本能に負けた良介は、思い切って腰に力を入れた。

「んはああっ！　入ってきたぁぁ！」

挿入と同時に、理香が甲高い悦びの声をプール中に響かせる。

そうして間もなく、腰が彼女の股間にぶつかって、それ以上は進めなくなった。

「ああーんっ！　んはああ……やっぱり、良介くんのオチ×ポ、すごくいいわぁ。まさか、ずっと探していた理想のオチ×ポに、久しぶりのセックスでいきなり当たるなんてぇ」

爆乳美女が、とろけそうな表情でそんなことを改めて口にする。

どうやら、良介の肉棒は彼女の好みにピッタリ合ったらしい。そう分かると、男としての自信が多少なりともつく気がした。

しかし、行為が挿入で終わりではないことくらい、脳味噌が沸騰しそうなほどの興奮に支配されていても理解できている。

「そ、それじゃあ、動きます」

と言って、良介は腕立て伏せのような体勢になった。

真正面から爆乳女子大生と目を合わせるのは、さすがに恥ずかしかったが、正常位なのだから仕方があるまい。

そう考えつつ、ピストン運動を開始する。

「んっ……くっ……あれ？」

しかし、抽送を始めるなり、良介は疑問の声をあげて動きを止めた。

何しろコツが分からないため、腰を引けば抜けそうになり、慌てて中に戻すという感じになってしまい、先ほどの理香のようなリズミカルな動きができないのである。

「んあっ。良介くん？　初めてでその体勢だと、ちょっと腰を動かしにくいかもね？」

「えっ？　でもエッチな動画なんかじゃ……」

「そういうのだと、男優さんが慣れているからスムーズに動けるのよ。最初は、身体を起こしてわたしの腰を持つか、逆に抱きつく感じで身体同士を密着させたほうが、動きやすいと思うわよ」

　理香が、そんなアドバイスをしてくれる。

「えっと……どっちがいいんですか？」

　初めてのことばかりで思考が上手く働かず、良介は自分で判断できず彼女に問いかけていた。

「ああ、そうねぇ……わたしとしては、抱きついてくれたほうがいいけど？」

「じゃ、じゃあ、そうします」

　年上女子大生の返答を受けて、良介はそう言って腕を曲げた。そうして、女性に身体を預けるような体勢になる。

（うわっ。り、理香さんの体温やオッパイの感触が……それに、塩素臭に混じって甘い匂いも……）

　女体の感触と芳香を感じて、良介は焦《あせ》りを覚えずにはいられなかった。

「あんっ。良介くんのオチ×ポ、わたしの中で跳ねてぇ。ふふっ、興奮が強まったみたいねぇ？」

　理香からからかうように指摘されて、良介は思わず「すみません」と謝っていた。

「ああ、別にいいのよ。それより、慣れないうちは腰を動かすときに引こうと考えたらダメ。それよりも、オチ×ポを子宮に押し込むことだけを意識して。そのほうが、上手に動けるから」

そうアドバイスをすると、彼女はこちらの腰に脚を絡みつけてきた。さらに、腕を首に回してくる。

「えっ？　り、理香さん？」

「こうすれば、腰を引きたくても引けなくなるでしょう？　さあ、動いてみて」

戸惑う良介に、爆乳女子大生が甘い声で応じる。

こうなっては指示に従うしかなく、良介は抽送を再開した。

「んっ、あっ、あっ、あんっ！　はあっ、いいっ！　あっ、あううっ……！」

たちまち、良介の耳元で理香が艶《なま》めかしい喘ぎ声をこぼし始めた。

（なるほど。確かに、押し込むだけでもちゃんとピストン運動になるんだなぁ）

腰を動かしながら、良介はついつい感心していた。

それに、彼女の脚で腰をホールドされて動きづらいぶん、指導されたとおりに抽送できるのも大きい。こういう気の回し方が可能なのも、やはり経験値の高さがあればこそなのだろう。

そんなことを思いつつ、良介は抽送を続けた。

「あんっ、あんっ、すごっ！　はあっ、奥っ、ああっ、届くぅ！　あうっ、やんっ、ああっ、これぇ！　はああっ、いいのぉ！　あんっ、きゃううっ……！」

こちらの腰の動きに合わせて、爆乳女子大生が悦びに満ちた喘ぎ声をあげる。

（くうっ！　耳元で理香さんが喘ぐのが、エロすぎる！）

それに、彼女の身体の温もりや胸の感触、さらに塩素臭混じりの牝の匂い、膣肉の心地よさといったすべてのものが、牡の本能を刺激してやまなかった。

その昂《たかぶ》りのまま、良介はもはや何も考えられなくなって、ただただ夢中になって腰を振り続けた。

すると、自分でも驚くくらい早く、二度目の射精感が湧き上がってくる。

「くうっ！　理香さん、僕また……」

「ああっ、わたしもぉ！　もうっ、はうっ、大きいのっ、あんっ、来そう！　ひゃうっ、一緒にっ、ああんっ、このままっ、はああっ、一緒にぃぃぃ！　あっ、あんっ、あんっ……！」

こちらの訴えに、理香が切羽詰まった声でそう応じて、腕と脚の力を強めた。

（こ、このままだと中に……）

という不安が、良介の脳裏をよぎる。

しかし、この体勢から強引にペニスを引き抜くのは難しい。何より、脳内でカウントダウンが始まっているため、本能が中断を拒んで抽送を続けてしまうのだ。

良介が焦りを覚えていると、膣肉が急激に収縮を始めた。

「あっ、あんっ、もうっ、イクッ、ああんっ、イクのっ……イッちゃううううううううぅぅぅぅぅぅ!!」

理香が、プール全体に響き渡るような絶頂の声を張りあげ、身体を強張らせてこちらを力一杯抱きしめる。

(ううっ……もう出る!)

彼女の温もりや感触、そして膣の蠢《うごめ》きでたちまち限界を迎えて、出来たての精を子宮めがけてたっぷりと注《そそ》ぎ込む。

(ああ、これが中出し……)

自慰での射精とも、顔射とも異なる中出し射精の心地よさに、良介はひたすら酔いしれていた。

# 第二章　濡れそぼつ箱入り娘の秘所

## 1

ある火曜日、良介は理香が住んでいるというマンションの前に立っていた。

「理香さん、こんな立派なところに独りで住んでいるのか。さすが、社長令嬢……」

思わず、そんな感想が口を衝く。

と言うのも、ここは界隈でもっとも高い十五階建ての賃貸マンションで、家賃は最上階なら月二十万円以上するらしい。父親が地方公務員で、一軒家のローン返済のために母親も看護師として働いている良介のような庶民では、住むことなど夢のまた夢だろう。

理香は、良介でも社名を聞いたことがあるような有名企業の社長の娘だが、実家が聖桜女子大学から電車を乗り継いで二時間はかかる場所なので、進学を機に一人暮らしをすることにしたらしい。当初、両親は一人暮らしに反対していたものの、娘の決意が固いため、大学から徒歩十分ほどのこのマンションに住むのを条件に認めたそうである。

「それにしても、わざわざ僕を呼び出すなんて、いったいなんの用なんだろう？」

良介は、初めての場所に入る緊張感を抱きつつ、つい疑問をこぼしていた。

爆乳女子大生との夢のような初体験以後も、水泳部の監督業はこれまで通りに行なっていた。とはいえ、初めてのセックスを経験した場所で、その相手と顔を合わせ続けることに、良介は大きな気まずさを感じずにはいられなかった。

どうにか堪えているのは、「由紀乃さんの顔は潰せない」という一念があればこそである。

もっとも、それでも水着姿の女子部員たちを正視できなくなって、どうしても挙動がおかしくなっている、という自覚はあるのだが。

一方の理香のほうは、肉体関係を持ってからも、態度にまるっきり変化がなかった。

何しろ、胸を押しつけたり誘惑するような言葉を投げかけたり、といったからかい行為は、もともとしてきていたのである。それだけに、彼女が同じ行動をしても、今までの延長に過ぎないのか、二度目を求めるアプローチなのか、女性との交際経験がなく「朴念仁《ぼくねんじん》」呼ばわりされていた青年には、さっぱり見当がつかなかった。

とはいえ、以後はあからさまなお誘いもないまま、大学の夏休みがもう間もなくとなった今日になって突然、理香から電話がかかってきて、「暇ならウチのマンションに来て」と誘われたのである。

もちろん、臨時監督と部員というお互いの立場を考えたら、二人きりで会うのはマズいのではないか、という思いがあり、いったんは来訪を断った。しかし、「来てくれたら、お礼をする」などと熱心に言われては、さすがにいつまでも拒めるものではない。

ちなみに、今は大学の授業の時間ではないか、とも思ったが、四年生の彼女は卒業論文の単位を除くと、既に卒業に必要な単位を満たしており、現在は授業もゼミと興味のある講義だけで、週に二回くらいしか授業に出ていないらしい。しかも、それが月曜日と水曜日なので、金曜日などは部活のためだけに大学に行っているという話だ。

ただ、そこまで余裕があるのは、卒業後の就職先が早々に決まっていたから、というのが大きいらしい。インターンシップはおろか就職活動自体が必要なく、まだ正式な内定が出ていないので内定者研修もない。おまけに、親からの仕送りでアルバイトの必要もないから、今は時間が充分にあるそうだ。

とはいえ、ここらへんのことは大学生の経験がない人間にはイマイチ実感が湧かない部分、と言えるだろう。

そんなことを考えつつ、良介はマンションの一枚目の自動ドアを開けて風除室に入った。

風除室の前方には、二枚目の自動ドアと、その傍《かたわ》らにオートロックの操作盤、そして壁の横には宅配ボックスと部屋番号が書かれた郵便受けが並んでいる。

良介は操作盤に近づくと、あらかじめ教えられていた部屋番号を押した。ちなみに、理香の部屋は最上階の十五階である。

番号を押すと、すぐに操作盤の下部にあるスピーカーから、

『あっ、良介くん。いらっしゃい。ドアを開けるから、エントランスの左側にあるエレベーターで上がってきて』

と、爆乳女子大生の声が聞こえてきた。それと共に、前方の自動ドアが開く。

良介は、緊張しながらエントランスホール内に入った。

さすがは高級マンションというべきか、広々としたエントランスのロビーは壁や床が大理石で、高そうなソファセットが複数台、置かれている。ちょっとした集まりな

ら、ここでも充分にできそうだ。

それらに目を奪われつつも、理香の指示どおりエレベーターに乗って最上階へと向かう。

ドアが開いてエレベーターを降りると、てっきり二歳上の美女が出迎えてくれるかと思ったが、内廊下には誰もいなかった。

(ちゃんと部屋まで来い、ってことかな？)

そう考えつつ、廊下を歩いて理香の部屋の前に行き、玄関ドアの横にあるドアチャイムのボタンを押す。

すると、すぐに「はーい」と声がしてドアが開いた。

そうして姿を現した理香を見た途端、良介は「なっ!?」と驚きの声をあげたあと、絶句して立ち尽くしていた。

何しろ、彼女は黒いタイサイドビキニ姿だったのである。

ビキニのパンツは、紐が腰の上のほうに来ているハイカットで、競泳水着と同様に脚の付け根まで丸見えになっている。いや、ビキニなぶん露出度がより高く、水着が黒いおかげで肌の白さが際立《きわだ》ち、セクシーさがいっそう増している気がしてならない。

特に、白いウエスト周りはいつもの水着だと露出がないので、体型自体は分かっていても新鮮に見える。

そして何より、爆乳を包んでいるホルターネックの三角ビキニから、ふくらみが半分以上見えているのが目を惹いてやまなかった。

もちろん、このバストも一度はじかに目にしている。だが、ビキニに包まれた姿からは、裸とは異なるエロティシズムが感じられた。

おかげで、股間のモノがたちまち反応してしまう。

「いらっしゃい、良介くん。さあ、入って。さすがに、この格好のまま玄関前で立ち話しているわけにいかないから」

と促《うなが》されつつ手を引っ張られて、良介は逆らうこともできないままギクシャクと彼女の部屋へと足を踏み入れた。

理香の部屋は2LDKだが、リビングが一軒家の良介の家より面積があるのではないか、と思うくらい広々としていた。もっとも、家具が少なめなのでそう感じられるのかもしれないが。

ただ、今気になるのは、エアコンの効いたリビングのソファや床に、ワンピースからビキニまでさまざまなデザインの水着が、十枚以上も並べられているという点だった。いったい、彼女は何をしていたのだろうか？

「ちょうど、水泳部の海水浴のときに着る水着を選んでいたのよ。それで、せっかくなら良介くんの意見も聞こうと思って。キミは、どんなのが好みかしら？」

こちらの疑問に気付いたらしく、並んだ水着の前で理香が説明をしつつ、笑みを浮かべて訊いてくる。

「えっと……あの、水泳部の海水浴って？」

水着への意見など、そうそう言えるはずもなく、良介は視線を逸らしながら話題を変えた。

「ああ、ウチの大学って海から近いでしょう？　だから毎年、夏休み中に一度は部活の一環として海水浴に行っているの。その話、聞いてなかった？」

「……き、聞いてないですよ、そんなイベント」

「ああ、そうだったのね？　ま、とにかくこのときは自分の好きな水着を着ていいんだけど、水着選びに迷っちゃってさ。とりあえず、あれこれ買ってみたものの、どうせなら良介くんから意見を聞こうと思って、呼んだわけ」

「な、なんで僕の意見を……？」

ドギマギしながらそう訊くと、理香がスッと近づいてきた。

「そりゃあ、キミに海で見てもらいたいからよぉ」

と甘えるように言って、彼女が身体をピッタリと寄せてくる。

すると、牝の芳香が鼻腔をくすぐった。ただ、塩素の匂いがないぶん、プールのときより甘い感じがしてならない。それに、爆乳女子大生の体温もよりはっきりと感じられる気がした。

「ふふっ。良介くん、顔が真っ赤ぁ」

からかうように指摘されたが、こればかりは仕方があるまい。

何しろ、もともとあがり症だと言うのに、肉体関係を持った女性に密着されているのだ。あがり症でなくても、平静でいられるとは思えない。

良介が、麻痺《まひ》しかけた頭でそんなことを考えていると、理香が腕を取って自分のふくらみの間に挟むようにギュッと押しつけた。

二の腕が柔らかくふくよかな感触に包まれて、良介は「なっ!?」と絶句してしまう。

その隙を突くように、彼女はズボンの上から股間に手を這わせてきた。

「うふっ。もう、こんなに大きくなってるぅ。やっぱり、わたしの水着姿で興奮していたのねぇ？」

「そ、そりゃあ……」

楽しそうな爆乳女子大生の指摘に、良介はかろうじてそう応じていた。

何しろ、競泳水着でも魅力的なのに、より露出度の高いビキニ姿なのである。これを目《ま》の当《あ》たりにして興奮しないとしたら、そのほうが問題ではないだろうか？

「嬉しい。じゃあ、このままエッチしちゃいましょうか？」

「こ、ここでですか？」

彼女の唐突な提案に、良介は驚きの声をあげていた。

もちろん、呼ばれた時点でそういう誘いを期待していなかった、と言ったら嘘になる。しかし、ビキニ水着での出迎えといい、予想外のことが連続していたため、すっかり頭から抜け落ちていたのだ。

「ええ。実はわたしも、良介くんが来てから自然に子宮が疼いちゃってぇ。キミのオチ×ポ、本当にわたしが探していた理想そのものって感じだったから、また欲しくてたまらなかったのぉ」

と言って、彼女が腕を摑《つか》んだ手に力を込め、ふくらみをいっそう押しつけてくる。

そうしてバストの感触をより強く感じると、否応なく牡の本能が刺激されてしまう。

（……理香さん、本気で僕のチ×ポを気に入ったんだなぁ）

前回の初体験のあとに聞いた話によると、社長令嬢の理香の実家は複数のメイドが働いているような豪邸だそうである。

しかし、何不自由ない気ままな生活をしていたかと思いきや、幼少からさまざまな習い事をさせられたり、社交界のマナーを叩き込まれたりと、非常に厳しく育てられた。そうした習い事の中で、水泳だけは個人的に気に入って自発的に行ない、小学生まではタイムもかなり優秀だった。

ところが、中学に入って間もなく、体つきが急速に女性らしくなるにつれてバストが成長し、それに伴って成績が伸びなくなってしまったのである。

泳ぐこと自体は好きだったものの、仲間にどんどん抜かれ、さらには引き離されていく悔しさもあり、理香は高校では水泳自体をやめてしまった。

ただ、自宅の息苦しさを忘れられる唯一の楽しみだった水泳から離れたため、彼女の中でフラストレーションが増大していった。その解消方法として選んだのが、セックスだったのである。

しかし、どれほど男と肌を合わせ快楽を貪ろうとしても、なかなか満足のいく相手は見つからなかった。そのため、いつしか理香は自分を満たしてくれる理想のペニスを求めるようになり、男遍歴を重ねていったのだ。

聖桜女子大学で水泳部に入部してからも、彼女は合コンで他校の男子学生と知り合うなどの形で、そんなただれた生活をしばらく続けていたらしい。

ところが、大学二年生の半ば頃、当時の恋人と元彼の間で危うく警察沙汰になりかけるような、大きなトラブルが起きてしまった。

それ自体は、かろうじて大事にはならずに済んだ。しかし、この一件で理香は自分が身勝手な快楽を求めて男の気持ちをないがしろにしていたと、ようやく気付いた。

そうして、男遊びをキッパリとやめたそうである。

だが、それは理想のペニス探しをやめることでもあり、男を知った肉体は自慰だけでは満足できずに、悶々とする日々を過ごしていた。

そんなフラストレーションが限界に達しそうになっていたとき、良介が臨時監督としてやって来たのだ。

童貞で恋人もいない男なら、余計なトラブルが起きる心配はなく、一回限りの遊び相手としては申し分ない。

それでも、麻優と美春がいるときは気持ちを抑えていたが、あのときはたまたま二人きりになった。そのため、性欲を我慢できなくなって誘惑したそうである。

ただ、そうして久しぶりに味わった男が理想のペニスの持ち主だとは、さすがの理香も予想外だったらしい。

もっとも、良介は他人と勃起の大きさを比較したことがないので、自分の分身がそれほどのものとは思ってもみなかったのだが。

あの場は、社交辞令程度に受け止めていたものの、今の彼女の言葉を聞いた限り、どうやら「理想のペニス」と言ったのは本気だったようだ。

とはいえ、あがり症の良介には抱きしめるなどの行動を起こすような真似はまだできなかった。おかげで、人形のように硬直して立ち尽くすだけになってしまう。

「んもう。良介くんってば、まだ緊張しているの？　まぁ、あがり症だっていうし、仕方がないのかしらねぇ？　だけど、立派なオチ×ポがあるんだし、もっと自信を持っていいと思うわよぉ。んちゅっ」

と、理香が躊躇する様子もなく唇を重ねてくる。

良介は、そんな爆乳女子大生の積極性に、ただただ呆然とするしかなかった。

## 2

「んっ、んんっ、んしょっ……」

「くうっ！　り、理香さん、これっ……はううっ！」

ソファの背に身体を預けて立っている良介は、分身からもたらされる心地よさを前に、呻くように喘ぐことしかできずにいた。

今、理香はビキニの水着を着用したまま谷間に肉棒を挟み込み、膝のクッションを使って身体全体を動かして奉仕をしていた。その刺激の強さは、前回の比ではないと言っていいだろう。

身体ごと動いているのもそうだが、ビキニトップを着けた状態で陰茎を挟んでいるため締めつけがいっそう強まり、それが快感に繋《つな》がっている気がしてならない。

爆乳女子大生は、軽くフェラチオをしてから、すぐこの行為に移行した。おそらく、ビキニに包まれた爆乳を良介が凝視していたことから、悦ぶと考えたのだろう。

実際、理香のパイズリは脳がとろけそうなほど気持ちよかった。しかも、今回は水着のおかげか前よりしっかり挟まれている上、ペニスをしごく動きも大きい。

そのため、まだ一度しかセックスを経験していないビギナーにはいささか強すぎる刺激が脳を灼《や》いて、思考力を奪ってしまうのだ。

「んっ。レロ～……」

いったん動きを止めると、理香はあえて声を出しつつ、唾液を亀頭に垂《た》らした。

すると、トロリとした液体が先端に当たり、カリを伝って谷間に流れていく。その感触が、なんとも言えない心地よさをもたらしてくれる。

彼女は、唾液をまぶすように乳房を手で少し動かした。そうしてから、再び身体を揺するようなパイズリを再開する。

「んっ、んっ……んふっ、んんっ……」

（うはあっ！　涎《よだれ》のおかげで、ますますいい感じの動きになって……）

良介は、新たな刺激に心の中で驚きの声をあげていた。

潤滑油《じゅんかつゆ》が増えて、動き自体がよりスムーズになったのはもちろんだが、ヌチュヌチュという粘着質な音が増して、淫靡さにより拍車がかかった気がしてならない。

そのことが、牡の本能をいっそう刺激し、興奮を煽る。

「ああっ、もう出そうです！」

間もなく、限界を悟った良介は、そう口走っていた。

実際、唾液に続いて先端から溢れ出した先走りが、新たな潤滑油となっており、既に射精へのカウントダウンが脳内で始まりつつある。

「んあっ。それじゃあ、最後は……あむっ」

身体ごと奉仕をしていた理香は、いったん動きを止めると、声を出しつつ亀頭を咥え込んだ。

「ンロロ、んっ、んむっ……じゅろろ……」

そして、口の中で器用に先端を舐め回しつつ、手で左右の乳房を交互に動かしだす。

もちろん、ビキニを傷めないようにしているのか、その動きは前回よりも控えめだった。しかし、そのぶん先端で口の生温かさと舌による刺激を感じているため、快感の大きさは勝るとも劣らない。

「ああっ！　り、理香さん！　本当に、もうっ……くううっ！」

と切羽詰まった声をあげるなり、良介はあっさり限界を迎えて、彼女の口内にスペルマを発射していた。

「んんんんんんっ！」

動きを止めた理香は、声をこぼしながら白濁液をしっかりと受け止める。

（はああ、口内射精……顔射もよかったけど、これはすごい背徳感だなぁ）

射精しながら、良介は朦朧《もうろう》とした頭でそんなことを思っていた。

これも、アダルト動画などで目にしていた行為ではある。だが、自分の精液で女性の口を満たす感覚は、想像以上の昂りをもたらしてくれた。おかげで、初セックスのときに勝るとも劣らない量の精が、爆乳女子大生の口に注ぎ込まれる。

ただ、さすがに入りきらなかったのか、彼女の唇の端から白濁液が筋になってこぼれ出ていた。しかし、それすらも今は妖艶さを強調するものに思えてならない。

そうして、長いスペルマの放出がようやく終わると、理香がゆっくりと顔を引いて先端を口から出した。それから、身体を起こして陰茎を谷間から出し、その場にペタン座りをする。

「んんっ……んぐ、んぐ……」

彼女は、やや放心した様子を見せたものの、すぐに声を漏らしながら口内の白濁液を喉の奥に流し込みだした。

(せ、精液を本当に飲んで……)

良介は、その思いもよらない光景に見入っていた。

映像や漫画では目にしていた行為だが、眼前で見知った女性が精飲しているというのは、こうして目の当たりにしても夢でも見ているような非現実感しかない。正直、「これは淫《みだ》らな夢だ」と言われたら、あっさり信じてしまいそうだ。

また、ある意味で膣内に出したときよりも、こちらのほうが背徳感があるような気がしてならない。

一方の理香は、良介の驚きなど意に介する様子もなく、口内の精を処理し続けた。

そうして、少し経ってから「ふはあっ」と大きく息をつく。

「はああ……すごく濃いザーメンが、お口いっぱいに出てぇ……こぼれるくらいの量なんて、わたしも初めてよぉ」

爆乳女子大生が、陶酔した表情でそんなことを口にする。

そして、良介がまだ呆《ほう》けているのを見ると、彼女は妖しい笑みを浮かべて床に身体を横たえた。

「今度は、良介くんがわたしを愛撫してぇ。前回は、キミの前戯を飛ばしちゃったから、今回は女の子への愛撫について教えてあ・げ・るぅ」

艶めかしい声でそう誘われて、良介はようやく我に返った。同時に、彼女の言葉に新たな興奮が湧き上がってきてしまう。

「そ、それじゃあ……」

と、良介は恐る恐る爆乳女子大生にまたがった。

「まずは、オッパイを揉《も》んで。あっ、水着の上からでもいいけど、わたしとしては早くじかにして欲しいわぁ」

そう求められたため、「は、はい」と応じてビキニのブラトップをたくし上げ、豊満なふくらみを露わにする。

（うわぁ。やっぱり、仰向けになってもすごく大きいな……）

良介は、ついつい心の中でそんな感嘆の声をこぼしていた。

彼女の爆乳は、上を向いてもそのふくよかさをまるで失っていない。もちろん、重力で潰れて面積が広がった感じはあるが、それすらも淫靡に思えてならなかった。

「ほら、見てるだけじゃなくて、早く触って、揉んでぇ」

「ゴクッ。わ、分かりました」

理香に促されて、良介は生唾を呑み込んでから手を伸ばし、緊張しながらふくらみを鷲掴みにした。

それだけで、彼女が「あんっ」と甘い声をこぼす。

「うわぁ。こ、これが……」

良介は、驚きの声をあげたものの、途中で言葉を失っていた。

ペニスや胸では感じていたものだが、手の平でその感触を実感すると感動もひとしおである。

手が、もともと物に触れたりするための部位だからだろうか、こうするとふくらみの柔らかさやその奥にある弾力、そして肌の感触までがよりいっそうはっきりと感じられた。何より、手で包んでもこぼれ出るボリューム感が圧倒的で、感嘆の言葉すら思い浮かばない。

「ふふっ。本当なら、最初は優しく揉んでねって言いたいんだけど、パイズリでもうけっこう感じちゃっているから、良介くんの好きにしていいわよぉ」

「りょ、了解です」

彼女の指示にそう応じた良介は、思い切って指に力を入れた。

すると、指がズブリと乳房に沈み込んで、ふくらみがたちまち形を変える。

「うおっ。これ、すごっ……」

驚きの声をあげつつ、ある程度のところで力を緩《ゆる》めると、今度は反発力で指が押し戻されて、バストの形が元に戻る。こういう細かな感触までしっかり感じられるのは、やはり手で触れているからこそなのかもしれない。

(なんだか面白いな。それに、こうして揉むと理香さんのオッパイがすごいのが、本当によく分かるよ)

そんなことを思いながら、良介はふくらみを本格的に揉みしだきだした。

「んあっ、いいっ！　あんっ、ああっ、それぇ！　ふあっ、感じるのっ！　あんっ、はああっ……！」

こちらの手の動きに合わせて、理香が甲高く艶めかしい喘ぎ声をこぼす。

その声に興奮して、良介は半ば無意識に手の力を強めた。

「あんっ、それぇ！　ああっ、いいのっ！　んあっ、良介くんっ、んあっ、上手よぉ！　あふっ、はあっ……！」

少々力を入れすぎたかとも思ったが、理香はまったく問題なく受け入れて、艶めかしく喘ぐ。

（ううっ。理香さん、すごくエッチだ！）

いつしか牡の本能に支配されて、良介は行為に没頭していった。

「んあっ、良介くぅん！　あんっ、下もっ、んはあっ、下もお願いよぉ！　ああっ、はあんっ……」

喘ぎながら、爆乳美女がそう訴えてくる。

彼女の言葉に、良介は「し、下……ゴクッ」と生唾を呑み込んでいた。

既に目にはしているし、挿入もしている場所ではあるものの、弄るのは初めてなだけに緊張せざるを得ない。

それでも、良介は身体を起こすとビキニパンツに覆われた理香の股間に目をやった。

「両サイドの紐をほどけば、パンツをすぐに取れるわよ」

と、理香がアドバイスをくれたので、それに従って紐をほどいた。そうして、布を取り去ると、彼女の秘部が完全に姿を現す。

「うわぁ。こ、これが……」

良介は、思わず感嘆の声をこぼして、その部位に見入っていた。

初体験のときは、水着である程度まで隠されていたため、女性の股間全体を目にしたのはこれが初めてだった。それだけに、目を奪われずにはいられない。

隠すものがない女性の秘裂に対しては、とにかく艶めかしいという感想しか湧いてこなかった。刈り揃えられた黒い恥毛、若干襞がはみ出し、蜜を溢れさせている割れ目。それらを明るい室内で目の当たりにしているだけで、射精してしまいそうなほどの興奮が込み上げてくる。

「そうそう。指でもいいけど、抵抗がないなら舐めてくれたほうが、わたしとしては嬉しいわね」

秘部に見とれていると、爆乳女子大生がそんなことを口にした。

「舐め……」

と、良介は秘裂を改めて凝視していた。

何しろ初めてなので、そこに舌を這わせることにまったく抵抗がない、と言ったらさすがに嘘になる。だが、彼女にも男性器を舐めたり咥えたりしてもらっているのだ。

こちらも、求めに応じるのが礼儀という気がしてならない。

そのため、良介は多少の抵抗感は覚えつつも、割れ目に口を近づけた。そして、蜜を舐め取るような感覚で、舌を這わせる。

「レロ、レロ……」

「ああんっ！　それぇ！」

舌を動かしだすなり、理香が甲高い悦びの声を室内に響かせる。

そのことに興奮を煽られた良介は、たちまち行為に没頭していった。

## 3

大学が夏休みに入って、最初の月曜日の午後。その日も良介は、部活のため聖桜女子大学の屋内プールに来ていた。

学校がある間、どの部も活動時間は原則として四限の授業が終わったあとからである。しかし、夏休みならばこの時間にこだわる必要がないので、水泳部は十四時から二時間ほど活動することになっていた。

当然、良介もそれに合わせて大学に来なくてはならない。ただ、外が三十五度を超す猛暑日ということもあり、室温が三十度に保たれている屋内プールは、たとえ自身はほとんど泳がないとしても天国のような環境に思えてならなかった。

競泳パンツにラッシュガードのパーカーを着た良介が、いつもどおりにプールサイドでストレッチをしていると、三人の水着美女たちがやって来た。

「こんにちは、良介くん。早いわねぇ」

「おっす、良介」

「こ、こんにちは、ほほほ堀内かんときゅっ」

理香と麻優と美春が、それぞれに声をかけてくる。

「こんにちは。まぁ、臨時とはいえ監督である以上、皆さんより遅れて来るわけにはいかないですから」

と、良介は平静を装って肩をすくめながら応じた。

美春が、相変わらず過度の緊張状態で噛み噛みな挨拶をしてきたものの、それはあまり気にしないことにする。何しろ、こちらも彼女よりはマシとはいえ、まだまだ三人の水着姿に胸の高鳴りを抑えられずにいるのだから。

もちろん、三人の競泳水着姿を見ているだけで緊張でガチガチになっていた最初の頃と比べれば、まだ慣れたほうだ。とはいえ、あがり症が治ったわけではないし、肉体関係を持っている爆乳女子大生もいるだけに、常にドギマギしている状況なのだが。

「えっと、夏休みってことで、時間は学校があるときと違いますけど、やることは特に変わらないんで。事故に気をつけながら、今日も楽しんで泳いでください」

一応は監督らしく、三人の前で簡単な挨拶をしてから、良介は監視台に向かおうとした。

すると、理香が近づいて腕を絡めてきた。当然、そうなれば豊満な胸がギュッと押し当てられる。

「ねぇ？　良介くんも、一緒に泳がなぁい？」

甘えるような声で、そんなことを言った彼女が、以前よりもふくらみを強く押しつけているように感じられるのは、決して気のせいではあるまい。

おかげで、せっかく平静さを保とうとしていたのに、良介の心臓が大きく飛び跳ねてしまった。

「ちょっ……り、理香さ……真鍋さん、離れて……僕、仕事で……」

「ふふっ。やっぱり良介くんって、反応がすごく初々《ういうい》しいから、本当にからかい甲斐があるわぁ。ま、わたしたちを見守るのがキミの仕事だし、一緒に泳げないのは仕方がないわよねぇ」

そう言って、爆乳女子大生が素直に身体を離す。

（か、からかわれただけか……まったく、理香さんにも困ったもんだ。でも、他に誰もいなかったら、理香さんの柔らかくて温かいオッパイを、もっと感じていたかった気も……）

そんなことを思って、ついつい頬《ほほ》を緩めていると、

「良介！　そんなにデレデレして、監視の仕事をできるのかよっ!?」

と、麻優から厳しい言葉を投げかけられて、良介はようやく我に返った。

「あっ。す、すみません。でも、やることは、ちゃんとやるんで」

「ホント、頼むぜ。まったく、なんか頼りにならないんだよなぁ」

ボーイッシュな女子大生は、そう言って頭をかきながら離れていき、プールサイドで準備運動を始めた。

そんなやり取りを前に、美春は何をしていいのか分からなかったらしく、未だにオロオロしていた。

「えっと、藤井さん？　藤井さんも、準備運動をしたほうが……」

「ひゃっ、ひゃいっ!?　その……分かってましゅっ。だ、大丈夫れすっ」

良介が恐る恐る声をかけると、それだけで小柄な女子大生は猛獣と出会ったかのように顔を引きつらせ、上擦《うわず》った声で返事をすると、そそくさと逃げるようにその場を

離れていった。

こちらもあがり症だが、相手にここまで怯《おび》えた態度を取られると、逆に落ち着ける気がする。

（う～ん……藤井さん、男性恐怖症ってわけじゃなくて、ずっと女子校だったから男と話すのに慣れてないだけ、ってことだったけど……あれは、僕以上の重症って気がするなぁ）

自分の症状も困りものだが、美春の男に対する苦手意識も相当なものである。

もっとも、臨時監督になってからしばらくの間、良介の前に来るときは理香や麻優の後ろに隠れていたのだ。その頃から比べれば、多少はマシになったと言えるのかもしれない。

しかし、あれでは実生活にもかなり悪い影響があるのは間違いなかろう。

美春は良介と同い年なので、あと二年半ほどで社会に出ることになる。一般社会で、男とまったく接触せずに過ごすのが不可能な以上、今のままではどこかに就職するのも難しいのではないか？

（藤井さん、けっこう可愛いから、ああいうのが治れば就職にも困らない気がするんだけど……僕のあがり症もそうだけど、少しずつ慣れていくしかないのかなぁ？）

そう思いながら、良介は監視台に向かうのだった。

## 4

(それにしても、理香さんはあれからも本当に態度がほとんど変わらないなぁ)

監視台の上で、今は平泳ぎをしている二歳上の爆乳女子大生を見ながら、良介はついそんなことを考えていた。

二度目のセックスのあと、良介は彼女に交際を申し込もうとした。が、緊張のあまり言葉を発せずにいたところ、

「わたし、良介くんのオチ×ポが理想どおりだからって、すぐにお付き合いしたいとは思っていないの」

と、理香から機先《きせん》を制するように言われたのである。

既に聞いている話だが、彼女は来年の三月に大学を卒業したら、親の会社に就職しなくてはならなかった。当然、聖桜女子大学から電車を乗り継いで二時間かかる実家に戻ることになる。そうなったら、良介もついて行かない限り、会える機会は確実に激減してしまう。

遠距離恋愛も手かもしれないが、交際期間がもっと長いカップルならまだしも、今の二人の関係性でそれが可能なのかは、正直なところ自信がない。

また、理香にとって良介のペニスは理想的だったが、ただそれだけで交際を決めては、まるで性欲でのみ相手を判断しているようになってしまう。それでは、男漁りをしていた頃と変わらないだろう。いくら肉茎を気に入っても、付き合うなら「堀内良介」という人間をより深く知ってから真剣に考えたい、とのことだ。

それに、理香とするまでカノジョなしの真性童貞だった良介とこのまま交際するのは、童貞を奪ったことを盾にするようで、いささか気が引けるらしい。

とにかく、良介には女性経験が圧倒的に不足している。したがって、自分のように深い仲になるかどうかは別として、他の女性ともっと話すなり付き合うなりして、その上で良介が選んでくれるならそれで構わない。しかし、少なくとも今はお互いに結論を急ぐ段階ではなかろう。

これが理香の考えで、良介も納得させられるものだった。

実際、彼女から交際を求められたら、童貞喪失の相手ということもあって、良介は望まれるままに首を縦に振っただろう。

もちろん、美人で爆乳の女子大生と付き合うのに、否定的な考えがあるわけではない。だが、肉体関係を持ったという理由で交際するのは、指摘されてみると確かにあまりにも肉欲に偏《かたよ》りすぎている気がした。

したがって、理香のほうが「今は交際を求めない」と言ってくれたのは、こちらとしてもありがたい話だった。もっとも、「それと肉体関係は別よ」とも言われていたので、果たして次はいつ彼女から求められるのか、期待と不安が心をよぎる毎日なのだが。

（いやいや、今はそんなことを考えている場合じゃない。ちゃんと、監視の仕事をしていないと）

と、良介はなんとか余計な考えを振り払って、プール全体に視線を巡らせた。

これが海水浴場だと、監視の範囲が広い上に遊泳客も多いため、溺れるなど危ない状況になっている人間がいないかチェックするのは大変だ。もちろん、複数人によるチェック体制は取られているのだが、なかなかに神経をすり減らすし、一日が終わると心身ともに疲労困憊《こんぱい》していたものである。

しかし、今はプールで、しかも三人しか泳いでいないので、海と比べれば全体を見渡して各々の動きを見張るくらい、どうということもない。

（それにしても、泳ぎ方を見ているとそれぞれの特徴がよく出ているなぁ）

第七コースをクロールで泳いでいる理香は、体型の変化で競泳をやめたため泳ぐペースはゆったりだが、フォームはしっかりしている。

第四コースを爆乳女子大生と同じくクロールで泳いでいる麻優は、高校一年生までは県大会上位のタイムを出せる選手だったらしい。だが、二年生になって間もなく右肩を痛めてから成績が大幅に落ちて、競泳を諦めたそうだ。それでも、現在は日常生活には支障がないくらい回復したそうで、泳ぎ方もなかなか堂に入っている。

そして、今は第一コースで平泳ぎをしている美春は、健康のために中学から水泳を続けているものの、部活に所属したのは大学が初めてだそうである。基本的な泳ぎ方は、幼稚園の頃に水泳教室で習ったそうで、フォーム自体は間違っていないが、やや手足の動きにバラツキがある。もしも、タイムを伸ばすためのコーチを求められたら、色々と注意したくなるところだ。

良介が、そんなことを思っていた矢先、ターンをしてこちらに向かって泳いでいた美春が、急に水の中に沈んだ。

（はっ。あれはマズイ！）

瞬時にそう判断した良介は、監視台から下りて、着ていたラッシュガードのパーカーを脱ぎ捨てた。そして、急いでプールに飛び込む。

普通なら、何か考えがあって泳ぎを潜水に切り替えた、と見間違えてもおかしくない状況である。だが、ウォーターセーフティの資格を持ち、ライフセーバーの講習も受けたことがある良介は、沈む直前に彼女のストロークが急に大きく乱れていたのを見逃していなかった。

良介は、全力で美春が沈んだ場所に向かうと、すぐに水の中に潜《もぐ》った。

そうして潜ると、彼女は左足のふくらはぎを押さえたまま口から空気の泡を出し、横向けに丸まったような体勢でプールの底に向かって沈んでいる最中だった。案の定と言うべきか、こむら返りを起こしてしまったらしい。いわゆる足がつった状態だ。

通常、溺れたときは手足をバタつかせそうなものだが、おそらく激痛でそれどころではないのだろう。

良介は、美春の背後に回り込んだ。そして、彼女の脇を抱えるとプールの底を蹴って、一気に上へと向かう。

そうして水面に出ると、同い年の女子大生の手を取ってプールの縁《ふち》を摑ませた。

「ふはあっ！　ゲホッ。はぁっ、はぁっ……」

縁を摑んだ美春が、すぐに口から水を吐き出して荒い息をつく。

呼吸は乱れているものの、どうやら水はほとんど飲まずに済んだようである。

「藤井さん、大丈夫ですか？」

「はぁ、はぁ、は、はい……くっ、でも左足が……」

良介の問いかけに、小柄な女子大生が顔をしかめながら応じる。

「僕が腰を摑んで持ち上げるんで、なんとかプールから上がってください」

そう声をかけて、良介は彼女の手を離した。それから、今度は腰を両手で摑んで一気にその身体を持ち上げる。

すると、美春がどうにかプールサイドに出て四つん這いになった。そうして、またゲホゲホと咳き込む。

(それにしても、プールの縁が近い第一コースでよかった)

と、良介は内心で胸を撫で下ろしていた。

もしも、第二〜第七コースで同じ状況になっていたら、飛び込む前に浮き輪を投げ入れるか、ひとまずコースロープを摑ませるかしなくてはならず、落ち着かせるだけでも大変だったはずだ。当然、プールから出すのにさらに手間がかかっていただろう。

「良介くん、美春、大丈夫!?」

「おいおい、何があったんだよ？」

良介が水から上がると、異変に気付いた理香と麻優が、そう声をかけながら駆け寄ってきた。

「あ、その、実は藤井さんの足が泳いでいる最中につったようで……」

その良介の説明に、年上の二人は目を丸くした。

「美春、足は大丈夫そう？」

「えっと……まだ痛くて、歩くのも辛いかも」

理香の問いかけに、美春が顔をしかめて応じる。

「こむら返りは、ストレッチとかマッサージで回復しますけど、溺れかけたことだし、いっぺん保健室に行ったほうがいいかもしれないですね」

「そうねぇ。けど、わたしと麻優じゃあ、運ぶのはちょっと難しいだろうし……」

良介の言葉に対し、爆乳女子大生が困ったように言った。

もちろん、女性二人でも両側から肩を貸せばなんとか運べるだろうが、かなり時間がかかるのは間違いあるまい。

「じゃあ、僕が藤井さんを保健室に連れて行くんで、り……コホン。真鍋さんと柊木さんは、部活を続けてください。ただ、僕がいない間に泳ぐなら、必ずどちらか片方が水から出て、もう片方を見ているようにお願いします」

思わず、「理香さん」と言いそうになったが、人前でそれはマズイ気がしたので慌てて言い直す。

しかし、爆乳美女はともかく、麻優は特に疑問を抱いた様子もなく「了解」と応じた。そうして、二人は良介たちから離れて、どちらが先に泳ぐかを相談しだす。

さすがに、仲間が溺れかけた直後なので、いい加減にする気はないらしい。

「さて、それじゃあ保健室に……とはいえ、どうやって連れていこう？　歩くのは辛そうだし、肩を貸したりおんぶをしたりじゃ……」

良介がそこで言葉を詰まらせると、しゃがんだままの美春も顔を真っ赤にして俯《うつむ》いた。どうやら彼女も、どちらにせよ男に自分の胸が当たるのは避けられないと気付いたらしい。

もちろん、事態が事態なので、普通ならば「突発事故のようなもの」と気にしなければ済むことだろう。しかし、美春は人並み外れて男慣れしていないのだ。そんな女性が、ふくらみを異性に押しつけるような状況に耐えられるはずがあるまい。

（となると、運ぶ手段は一つしかないか……）

そうは思ったが、それをするのはさすがに躊躇せずにはいられなかった。だが、いつまでもこのままにしておくわけにもいくまい。

「ええい、こうなったら。藤井さん、これからあなたのバスタオルを持ってきて、身体にかけますね？」

意を決した良介は、そう声をかけてからプールサイドの壁際に行った。そして、美春のトートバッグからバスタオルを取り出し、すぐに彼女のもとへと戻って前面を隠すようにかける。

同い年の女子大生のほうは、こちらの意図が分からないらしく、目を丸くして困惑の表情を浮かべている。

「それじゃあ運ぶんで、ちょっと失礼しますよ？」

と言うと、良介は彼女の身体を横から抱きかかえるように持ち上げた。いわゆる、お姫様抱っこである。

「ふえっ？　ええええっ!?」

突然のことに驚いたのか、美春が素っ頓狂な声をプールに響かせた。

「えっ？　あらあら」

「わっ。あ、あれって……」

まだプールに入っていなかった理香と麻優の、そんな声が良介の耳に届く。

爆乳女子大生のほうは、まるで面白い場面を目撃したかのような口調で、ボーイッシュな女子大生は意外なものを見たという感じである。

「あっ、あのっ、これって……」

「僕に触られるのは嫌かもしれないけど、我慢してください。これが、一番手っ取り早く運べると思うんで。けど、暴れると危ないから、動かないでくださいね」

身じろぎする美春に対し、そう声をかけて良介は歩きだした。

もともと、肉体労働のアルバイトをしていたとき、重い荷物を持つ機会が何度もあったため、重量物を抱えて歩くコツは摑んでいる。したがって、女性一人を抱きかかえて運ぶくらいはさほど問題なくできるのだ。

美春は、真っ赤になった顔を背《そむ》けたまま、あからさまに身体を強張らせていたものの、抵抗せずにいてくれた。男性恐怖症では、こう大人しくはならないだろうから、やはり彼女の良介に対する過度の緊張は、単に異性慣れしていないのが原因なのは間違いあるまい。

もっとも、身体の前をバスタオルで隠していなかったら、同い年の女子大生は羞恥心で激しく暴れていたかもしれないが。

そんなことを考えつつ、良介はプールの建物と通路で繫がっている校舎に向かうのだった。

# 5

「特に異常がなくてよかったです、藤井さん」

良介が、保健室のベッドに横になった美春にそう声をかけると、彼女は顔の半分を掛け布団に埋《うず》めたまま、恥ずかしそうに「はい……」と小声で応じた。

プール近くの棟にある保健室に到着し、中年の女性養護教諭の診察と簡単なマッサージを受けた結果、美春のこむら返りはひとまず落ち着いた。しかし、溺れかけたこともあり、しばらく保健室で休ませるよう指示が出たのである。

もちろん、タオルで拭《ふ》いたものの水着がまだ濡れていたため、そのままベッドに寝かせるのはどうか、とも思った。だが、担当の養護教諭が「大丈夫」と言うのだから、素人が遠慮することはあるまい。

ところが、養護教諭にはどうしても外せない用事が入っていたそうで、診察のあとすぐに「二時間ほど空けるから」と告げて、出ていってしまった。良介たちも、来るのが少し遅かったら保健室が閉まっていたのだから、ギリギリのタイミングで駆け込めたと言っていいだろう。

（本当なら、僕はプールに戻るつもりだったんだけど……）

ベッド横の丸椅子に腰かけて、良介はついついそんなことを考えていた。

もちろん、養護教諭が残っていたらそうしただろう。それに、本来は彼女が保健室を出ていくとき、良介も一緒に出ようと思っていたのである。

しかし、「わたしが不在の間に体調が急変する恐れもあるから、休んでいる最中も念のため誰かが傍《そば》にいたほうがいい」と言われて、養護教諭が戻ってくるまで保健室に残ることにしたのである。

ただ、今は布団を被っているとはいえ、同い年で水着姿の美人と二人きりだと意識すると、どうにも気持ちが落ち着かない。

何しろ、目の前にいる彼女の体温や身体の柔らかさなどが、まだ腕にしっかりと残っているのだ。

運んでいる間は気にしていなかったものの、一息つくとそれらの記憶が甦《よみがえ》って、分身に血液が流れ込むのを抑えられなくなってしまう。

そのため、なんとか早く部屋を出たかったのだが、養護教諭に止められるとは想定外の事態だった。

「えっと……僕が傍にいたら、藤井さんも落ち着いて休めないと思うんで、ちょっと離れて……」

そう良介が改めて口を開くと、彼女が「美春です……」と囁くように言った。

急に予想外のことを言われたため、良介は「えっ？」と首を傾《かし》げてしまう。

「美春です……その、姓ではなく、名前で呼んで欲しいなって……」

布団で顔を半分隠したまま、女子大生がこちらを見てそんなことを口にする。

「いや、でも、それは……」

良介は、突然の、そして予想外の彼女の希望に困惑を隠せなかった。

(理香さんくらい深い仲になっていればまだしも、今の藤井さんとの関係性で名前呼びするのは……)

そんなためらいの気持ちが、どうしても拭えない。そもそも、同い年の異性を名で呼ぶのは、これまで恋人がいなかった男にはハードルの高いことに思えてならない。

ただ、今にも泣きだしそうな目で見つめられると、拒み続けるのも気が引ける。

「えっと、それじゃあ……み、美春さん？」

「はい……りょ、良介さん」

良介が遠慮がちに名を口にすると、小柄な女子大生も恥ずかしそうにこちらの名を呼んだ。

今まで、ずっと「堀内監督」と呼ばれていただけに、こうして名前を口にされると、自然に胸が高鳴ってしまう。

しかし、それ以上はお互いに何も言えなくなって、しばらく沈黙の時間が続いた。

「あの……えっと、り、良介さん？　その……て、手を、んと、握っていてもらえませんか？」

少しして、先に美春が怖ず怖ずと切り出した。

「えっ？　でも……」

「あっ、あの……なんだか、こうしているのが夢で、えっと、本当はプールで溺れているんじゃないか、って不安が……」

やや慌てた様子で、女子大生が言い訳めいたことを口にする。

（ああ。確かに、助かっても恐怖が残っているってのは、あってもおかしくないのかな？）

何しろ、実際に溺れかけたのだ。実はまだ自分が水の中にいて、命の危機から逃避するために助かった夢を見ているのではないか、という不安を抱くのは当然かもしれない。おそらく、今の美春は精神状態が不安定になっており、手で人の温もりを感じることで現実をしっかり認識したい気分なのだろう。

ただ、童貞の頃だったら、このようなことを言われただけであがり症が酷《ひど》くなり、緊張で身動きすらできなくなっていたに違いあるまい。

もちろん、今でも同い年の女子大生からの求めにまったく緊張しない、と言ったら嘘になる。しかし、二度も理香の肉体を味わったおかげか、頭が真っ白になるようなことはなかった。もっとも、こちらから積極的に握れるほどではないが。

良介は、やや逡巡《しゅんじゅん》しながらも「じゃあ……」と恐る恐る右手を彼女のほうに差し出した。すると、美春が顔の半分まで被っていた掛け布団を胸が出るまでめくって手を出した。そして、こちらの手を両手で包むようにして、ギュッと握ってくる。

もっとやんわり握るものとばかり思っていたので、その意外な力強さに良介の心臓が大きく飛び跳ねた。

「……これが、王子様の手……」

囁くような声で、彼女がそんなことを口にする。が、予想外の握り方に動揺していた良介には、その言葉を耳でしっかり捉える余裕がなかった。

「あ、あの、美春さん？」

「あっ。えっと、やっぱり、こうするとこれが現実なんだって実感が湧いて、とても安心します。良介さんの手、とっても温かいから……」

そう言って、美春が笑みを浮かべる。

（えっ⁉　み、美春さんが笑った……）

彼女が、良介に対して笑顔を見せたのは、これが初めてだった。何しろ、プールではずっと怯えたような表情しかしていなかったのである。それだけに、この不意打ちに胸の鼓動がますます速くなるのを抑えられなかった。

とはいえ、溺れかけた不安を和《やわ》らげるために摑まれた手を、恥ずかしいからと振り払うわけにもいくまい。

（ど、どうしよう？　なんだか、ムラムラして勃《た》ってきちゃったぞ）

とにかく、水着姿でベッドに横たわる美春の美貌を間近で見て、手を握られて温もりを感じているのだ。

しかも、彼女は理香ほどではないものの、なかなか見事なバストの持ち主である。こうして仰向けになっていても、そのふくよかさはほとんど失われていない。

そんな女性を近くで見ていて、まだ生の女体を知って日が浅い良介が、平静を保てるはずがあるまい。

それでも、手を離してこの場を立ち去れば、どうにか勃起を抑えられただろう。しかし、しっかり手を握られて離れることもままならない状況では、堪えきるのはほぼ不可能と言っていい。

ただ、こちらは現在、競泳パンツ姿である。いくら丸椅子に座っているとはいえ、奥で一物が大きくなれば、その目立ち方はズボンの比ではない。

(ううっ。ヤバイ……)

と思いつつ、良介がモゾモゾと落ち着かない素振りを見せたからか、同い年の女子大生が手を握ったまま、こちらに目を向けた。そうすると、枕元にいる男の身体全体を自然に見ることになる。

それで股間の変化に気付いたらしく、美春が「あっ」と小さな声をあげて息を呑む。

「えっと、その……すみません。美春さんに手を握られて、あの、なんだかすごくドキドキしちゃって……」

彼女の視線に対し、良介はどうにか謝罪と弁明を口にした。

男性慣れしていない女性が、いくら競泳パンツを挟んでとはいえ勃起を目にしては、さすがに不快感を覚えるかもしれない。

いわんや、こちらは臨時監督という立場である。理香のように、あからさまに誘惑されたのであれば仕方がないだろうが、面倒を見るべき相手に手を握られただけで興奮した、などと悟られるのは、いささか情けない気がする。

「良介さんが、わたしに……嬉しいです」

恥ずかしそうな美春のそんな言葉に、良介は思わず「へっ？」と間の抜けた声をあげていた。

（今、確かに「嬉しい」って言ったよな？）

まさか、あれだけ避けられていた女性の口から、このような台詞《せりふ》が出てくるとは予想外のことである。

改めて彼女の顔を見ると、頬を紅潮させてこちらを見つめていた。

そうして視線が合うと、同い年の女子大生は目を閉じてわずかに唇を突き出すような格好になる。

それが何を意味しているかは、いちいち考えるまでもあるまい。

（いやいや！　ここは大学の保健室だぞ！　養護教諭がしばらく戻ってこないとはいっても、誰かが来る可能性だって……それに、美春さんは男が苦手で……）

良介の理性が、そんな警告を発する。

だが、女性が自分を求めているという現実を前に、本物のセックスの心地よさを知って間もない牡の本能は、一気に噴火寸前まで高まっていた。

この二つの心のせめぎ合いは、あえなく本能の勝利に終わった。

もちろん、相手が好みのタイプでなければ、理性が勝ったかもしれない。しかし、美春は同い年で小柄ながらも胸が大きく、顔立ちも可愛らしいのだ。

そんな女子が、手を握ったままキスをせがむようにしている。これを拒める男が、果たしてどれだけいるだろうか？

それでも童貞の頃なら、手を出す勇気が出ずに腰が引けてしまい、臨時監督という立場を言い訳にして行動を起こせなかったかもしれない。

だが、既に良介は理香と二度、関係を持っていた。しかも、マンションではリビングで、浴室で、ベッドの上で、精根尽き果てるまで何度となく交わったのである。その記憶が鮮明に残る状況で、愛らしい同い年の女性から求められて、心にブレーキをかけることなどできるはずがあるまい。

とうとう我慢できなくなった良介は、目を閉じた彼女に顔を近づけ、可憐な唇に自分の唇を重ねるのだった。

## 6

「んっ……ちゅっ……ふはあっ」

ひとしきりキスをして、良介が唇を離すと、美春が大きく息をついた。

分かっていたことだが、彼女はキスの間ずっと息を止めていたため、相当に苦しくなっていたらしい。

そうして改めて顔を見ると、同い年の女子大生の目には涙が浮かんでいた。

「えっと、もしかして嫌でしたか？」

「あっ。ち、違います。その、嬉しかったから……続けて。もっと、わたしにエッチなことをして……欲しいです」

慌てた良介の言葉に対し、彼女が恥ずかしそうに応じた。

この言葉だけで、美春の望みが強く伝わってくる。どうやら、無理はしていないようだ。

そこで良介は、掛け布団を剥がして、競泳水着姿の美女の全身を露わにした。

(背は小さいけど、やっぱり美春さんはスタイルがいいなぁ)

そんな感想が、今さらのように心をよぎる。

プールで見て分かっていたことだが、近くで目にすると小柄な女子大生の魅力がより感じられる気がした。

適度に引き締まった手足、細めのウエストに対してボリュームのあるバストと腰回り。理香のような重量感はないものの、バランスという点ではこちらに一日《いちじつ》の長《ちょう》があるように思えてならない。

ただ、美春は全身を曝《さら》け出してからギュッと目を閉じ、あからさまに身体を強張らせていた。自分が望んだこととはいえ、男に間近で身体を見られて、さすがに緊張しているのだろう。

（うーん……これだけ硬くなっていると、正面からはちょっとやりにくいかも？）

このまま、仰向けの美春にまたがって愛撫した場合、彼女の不安や緊張は解けず、気持ちよくなれない可能性がある。それでも、じっくりと愛撫を続ければなんとかなるかもしれないが、時間が限られている以上、悠長なことをしている余裕はない。

「美春さん、身体を起こしてもらっていいですか？」

良介がそう指示を出すと、小柄な女子大生が「えっ？」と声をあげて目を開け、こちらを見た。

視線が合ったので頷くと、彼女は疑問の表情を浮かべながらも上体を起こす。

それを見た良介は、ベッドに乗ってその横に座った。そして、レーシングバックやXバックと呼ばれる背に目をやる。美春はセミロングなので、若干背中が髪で隠れているが、こういう後ろ姿もなんとも魅力的に思えてならない。

それから良介は、愛らしい美女の身体をヒョイと抱き上げて、膝の上に載せた。

二十センチほどの身長差があるので、こうしてもまだ良介からは彼女の頭頂部を見ることができる。

また、これだけ密着すると、塩素臭を伴う女性の芳香も鼻腔に流れ込んできて、自然に興奮が煽られる。

「えっと？　あ、あの……？」

膝に座らされた美春が、困惑の声をあげたものの、良介はそれを無視して手を前に回した。そして、競泳水着の上から二つのふくらみを包むように摑む。

途端に、小柄な女子大生が「ふやんっ」と素っ頓狂な声をあげ、おとがいを反らした。同時に、その身体がまた強張る。仕方のないこととはいえ、未だに緊張が抜けていないらしい。

だが、逃げようとしたり、良介の手を振り払おうとしたりしないところに、彼女の覚悟が垣間見える気がした。

（それに、この体勢だとお互いに目が合わないから、きっとまだマシなんだろうなぁ。僕自身、後ろ姿だけでもドキドキしちゃっているし……）

既に、理香で女体を経験している良介でも、充分には余裕がないのだ。美春の心境は、察するにあまりある。

もしも視線が絡み合っていたら、未経験の彼女は単に緊張するだけでなく、羞恥心もマックスになってしまい、さすがにバストへの愛撫を受け入れられなくなっていたかもしれない。

そんなことを思いつつ、良介は指に軽く力を入れてふくらみを揉みしだきだした。

「んあっ……あっ……んんっ……良介さんのっ、んふぁっ、手ぇ……あんっ、んはっ、ああっ……」

手の動きに合わせて、美春が控えめな喘ぎ声をこぼす。

(水着の上からの印象だけど、理香さんのオッパイより弾力がある感じだな)

愛撫しながら、良介はそんな感想を抱いていた。

まだ軽く揉んでいるだけだが、この乳房は指を押し返そうとする感覚が、爆乳女子大生よりも強い気がする。

とはいえ、これがバストサイズの差なのか個人差なのかは、さすがに判断がつかなかった。ただ、水着越しでも美春の胸が素晴らしい感触なのは間違いない。

そこで良介は、手の力を強めて指をふくらみにしっかりと沈み込ませた。

途端に、彼女が「ひゃうんっ！」と甲高い声をあげておとがいを反らす。

それでも良介は、構わずに愛撫を強行した。

「んあっ、ああっ、あんっ、これぇ！　ああっ、なんだかっ、んはっ、変なっ、ああんっ、感じですぅ！　あうっ、はあんっ……！」

小柄な女子大生が、喘ぎながらそんなことを口にした。どうやら、快感を得ているのは間違いないらしい。

また、緊張も解けてきたのか、いつの間にかその身体から力が抜けている。

そうなると、良介の中に新たな欲望が込み上げてきた。

「水着、上だけ脱がしますよ？」

愛撫をやめて、耳元で囁くように声をかけると、それだけで美春が身体をブルッと震わせた。

「んああ……は、はい。その、良介さんが、そうしたいなら……」

と、彼女が消え入りそうな声で応じる。顔を見ることはできないものの、相当に恥ずかしがっているのは間違いあるまい。

それでも、了解を得られたので良介はいったん胸から手を離した。そして、競泳水着の両肩のストラップに手をかけ、一気にウエストまで引き下げる。

それに合わせて、美春も手を動かしてストラップから腕を抜く。

そうして、上半身を露わにしてから、良介は再び彼女の前に手を回して、バストを両手で鷲摑みにした。

すると、水着とは異なる濡れた肌の手触りが、手の平いっぱいに広がる。

その感触に、良介は思わず「おおっ」と声をこぼしていた。

生の乳房の手応えは、やはり水着越しよりよく感じられる。なんと言っても肌がきめ細かいので、水分も相まって手に吸いつくような感触が、実に興奮を煽る。

(理香さんの大きなオッパイもよかったけど、美春さんの生オッパイの手触りもすごくいい！)

という感動に浸りながら、良介は指に力を入れてバストを優しく揉みしだきだした。

「んんっ！　あっ、あんっ、良介さんっ、ああっ、オッパイがぁ……あんっ、んんっ、はうぅっ……」

手の動きに合わせて、小柄な女子大生が控えめな喘ぎ声を漏らしだす。

その声に昂って、良介は指の力を強めた。

「ああっ、ひゃうっ！　あんっ、んんっ……はあっ、ああんっ……！」

愛撫が強まるのに合わせて、美春の喘ぎ声も大きくなる。

(さすがに、理香さんのオッパイみたいに、僕の手からこぼれ出るってほどのボリュームじゃないけど……）

こうしていると、そんな比較が自然に頭に浮かんでくる。

とはいえ、二歳上の女子大生が爆乳なだけで、美春のバストも充分に大きい。正直、大きさで理香と比べたら、世の女性のどれほどが見劣りすることになるだろうか？

（それに、美春さんの肌はきめ細かいし、オッパイの弾力が強いから、揉みごたえは理香さんに勝っている感じかな？）

そう考えると、目の前の小柄な美女のふくらみが理香に劣るとは、決して言えまい。だいたいにおいて、どちらも魅力的なので、優劣をつけることなど良介にはできそうになかった。

（まったく、贅沢だよな。ついこの間まで、女の人に触れるどころか、話すこともままならなかったのに……）

それが、理香と関係を持ってから、短期間に美春ともこういう仲になったのである。

ただ、爆乳女子大生との経験がなかったら、おそらく目の前の女性から誘惑されても触れることすらできなかったか、頭が真っ白になって相手の反応を見る余裕もなく、乱暴に胸を揉みしだいていただろう。そう考えると、理香との行為は自信をつけるのに大いに役立ったと言える。

もっとも、女体の気持ちよさを教えられたために性欲の歯止めを失ってしまった、という一面も否定はできないのだが。

そんなことを思いながら、さらに胸を揉み続けていると、良介は彼女に生じた変化に気付いた。

「美春さん、乳首が勃ってきましたよ？」

実際、彼女のふくらみの頂点に控えめに存在していた突起は、愛撫をしているうちにすっかり存在感を増していた。

「あんっ。い、言わないでくださぁい」

こちらの指摘に、美春が恥ずかしそうに応じて顔を背けてしまう。

ただ、そんな態度を見ていると、どうにも少しだけ意地悪なことを言いたくなってしまう。

「これから乳首を弄ろうと思うんですけど、あんまり大きな声を出すと、さすがに外に聞こえちゃうかもしれませんねぇ？」

良介の言葉に、美春がハッとした様子で息を呑んだ。

やはり、緊張と快感でその可能性を失念していたらしい。

「が、我慢します……」

そう言って、同い年の女子大生はギュッと唇を噛んだ。

それを確認してから、良介は両方の乳首を摘まんでクリクリと弄りだした。

「んひゃううっ！　あっ、んんっ！　んっ、んむううっ……！」

予想以上の刺激だったのか、一瞬だけ甲高い声をこぼした美春だったが、すぐに自分の口を手で覆って声を殺す。

そんな彼女の様子に興奮を煽られて、良介は突起への愛撫により力を込めた。

「んんーっ！　んむっ、んんっ、んはあっ！　ああんっ！　んむうっ……んっ、んむふっ、んんんっ……！」

二つの乳首からの鮮烈な刺激に、声を抑えきれなかった女子大生が喘ぎ声を保健室に響かせ、またどうにか口を塞《ふさ》ぐ。

これは、誰かに聞かれるのはマズイという理性の賜物《たまもの》だろう。

そんなことを思いつつ、良介は片手を離して彼女の下半身に向かわせた。そして、水着の上から秘部に触れる。

途端に、指に生温かな水気が感じられ、同時に美春が「んんーっ！」と声をこぼしておとがいを反らした。

（これは、水じゃないよな？）

とは思ったものの、つい先ほどまで泳いでいたので水着越しではイマイチ判断がつかない。

そこで良介は、水着とインナーをかき分けて、指を秘裂に這わせてみた。すると、やや粘度の高い蜜が指に絡みついてくる。

(うわっ。けっこう濡れて……)

予想以上の湿り気に、良介は内心で驚きの声をあげていた。これは、間違いなく彼女の分泌液である。

そう判断して指を軽く動かし、割れ目を擦るように刺激する。

「んんんっ！　んむっ、ふあはっ！　ああーんっ！　それぇ！　ああっ、感じすぎっ、ひゃうっ、ああんっ……！」

とうとう声を抑えきれなくなったらしく、美春が甲高い喘ぎ声を保健室に響かせた。

いくらなんでも、これ以上続けるのはマズイと思い、良介はいったん愛撫をやめた。

ただ、同時に挿入への欲求が湧き上がってくる。

(だけど、どうしよう？　さすがに、このまま挿《い》れるのも……)

何しろ、美春は処女なのだ。ここまで昂った状態で挿入したら、自分の理性を抑えきれる自信はない。いや、何よりこれほど分身がいきり立っていると、挿《い》れた途端に暴発しそうな気がしてならなかった。それは、あまりにも情けないだろう。

そんなことを思って、良介がためらっていると、

「んはあ……あ、あの、お願いが……」

と、先に美春が流し目でこちらを見て遠慮がちに切り出した。

まさか、彼女のほうから頼み事をしてくるとは思わなかったので、良介は「なんですか？」と首を傾げる。

「えっと……わたしも、良介さんの、その、お、オチ×チンに……したい、です」

「えっ？　い、いいんですか？」

同い年の女子大生からの提案を受けて、良介は驚きの声をあげていた。

あれだけ男性を避けていた女性のほうから、フェラチオを口にするとはさすがに予想外のことである。

「は、はい。あの、実際にやったことはないですけど……えっと、動画なんかで見たことはあって……その、オチ×チンがどんな手触りかとかどんな味かとか、きょ、興味はあったので……」

なんとも恥ずかしそうに言って、美春がまた前を向いて俯いてしまう。

（ははーん。美春さんも、以前の僕と同じような感じだったのかな？）

理香と関係を持つ前の良介は、異性に興味を抱いていたが、あがり症のせいで妙齢の女性を前にすると頭が真っ白になるため、ついつい避けていた。その結果、接触経験が少なくなって、ますます異性への苦手意識をこじらせていたのである。

ただ、だからこそと言うべきか、性的なことへの興味は人一倍持っていた。

美春も同様に、その性格と接触経験の少なさ故に男性を前にすると過剰に緊張し、それが男性恐怖症のような言動になっていたのは間違いない。それでも、実際は異性への興味があって、さまざまな性的な情報を仕入れていたようだ。おそらく今は、男性への緊張感よりも未知の肉体に対する好奇心が上回った状態なのだろう。

（まぁ、こっちとしても渡りに船なんだけど）

と、良介は彼女の提案を前向きに受け止めていた。

何しろ、自分もできれば挿入前に一発抜きたい、と考えていたのである。

もちろん、理香のような経験者なら、良介が暴発気味にイッても「仕方ないわね」と笑って許してくれるだろうし、こちらも経験不足なのだからと割り切れる。

しかし、まだ男を知らない美春との性行為で、生の女体を知っている自分が先に達してしまうのは、あまりに情けない気がしてならない。

その意味でも、彼女のフェラチオの申し出はありがたかった。

「分かりました。それじゃあ、美春さん？　ベッドから降りて、僕の前に跪《ひざまず》いてもらっていいですか？」

と良介が指示を出すと、彼女は水着を腰回りに残したまま膝の上からどいた。そして、こちらを向いて床に跪く。

（おおっ。美春さんのオッパイ……）

良介は、思わず彼女のバストに見とれていた。

釣り鐘形の理香の乳房に対し、美春のふくらみは綺麗なお椀型で、ピンク色の乳暈も小さめである。揉んで想像はついていたのだが、こうして正面から見ると、その整った形が実に魅力的に思えてならなかった。

おかげで、競泳パンツの奥の一物が、ますます元気になった気がする。

興奮を我慢しつつ、良介は腰を浮かせて自分の競泳パンツに手をかけ、一気に引き下げた。そして、パンツを足から抜いて下半身を完全に露出させる。

「きゃっ！　そ、それが本物の……」

途端に、美春が目を丸くして小さな悲鳴をあげた。どうやら、想像以上の勃起の大きさに驚いたらしい。

もっとも、良介の一物は経験豊富な爆乳女子大生ですら「大きい」と言うのだ。動画や写真程度でしか知らない処女が、こういう反応をするのは至極当然だろう。

「じゃあ、まずはこれを握ってもらっていいですか？」

良介がベッドに座り直してそう声をかけると、呆然と肉棒を見つめていた美春が、ハッとして「は、はい」と慌てた様子で頷いた。

そうして、彼女は恐る恐るといった感じで手を伸ばし、控えめに竿を包み込む。

その初々しい手つきに、ただ握られただけだというのに陰茎から意外な心地よさがもたらされて、良介は思わず「はうっ」と呻いていた。

「あっ。あの、大丈夫ですか？」

「ああ、はい。気持ちよかっただけですから。じゃあ、まずは手を動かして、竿をしごいてください」

「しごく……は、はい」

こちらの新たな指示に、美春はやや戸惑いの表情を浮かべながらも、おっかなびっくり手を動かしだした。

すると、理香にされたときとは違う、もどかしさを伴った性電気が発生する。

「ああ、それ。いいです。その調子」

良介が褒め言葉を口にすると、同い年の女子大生が嬉しそうに口元をほころばせた。

それに合わせて、心なしか手つきにも力がこもる。

「しごくのに慣れてきたら、チ×ポの角度を変えて、先っぽを舐めてもらっていいですか？」

少しして、良介が新たなリクエストを口にすると、美春が手を止めて目を丸くし、こちらの顔を見る。

（あっ、ヤベ。初めてなのに「チ×ポを舐めて」は、さすがにちょっとハードルが高かったかな？）

そう考えた良介は、言葉を取り消そうかと慌てて口を開こうとした。

ところが、それより先に美春が、

「わ、分かりました。が、頑張りましゅっ」

と、噛みながらも言って、亀頭に顔を近づけた。そして、舌を出して怖ず怖ずとそこに舌を這わせ始める。

「レロ……ンロ……」

「くうっ！　美春さんっ、気持ちいい！」

予想以上の心地よさが生じて、良介は思わずそう口走って天を仰いだ。

不慣れな舌使いなものの、そのおっかなびっくりな感じが意外な快感をもたらしてくれている気がしてならない。

「レロ……ンロロ……レロ……」

美春は、慣れない行為に戸惑う素振りを見せつつも、さらに舌を動かし続けた。

おそらく、良介が感じていることに気をよくしているのだろう。

ただ、先端をずっと舐められるのは気持ちいいが、まだ刺激に変化がないため少々不満も湧いてきてしまう。

「美春さん？　先っぽだけじゃなくて、チ×ポ全体を舐めて欲しいです」

「ふはっ。あっ……は、はい」

こちらの指示に、いったん舌を離した女子大生がそう応じた。そして、舌をカリ、さらに竿へと這わせだす。

「ンロ、チロロ……レロ、ピチャ……」

「ああっ、それっ！　すごくいいです！」

その良介の反応に、美春が「んふっ」と嬉しそうな声を漏らした。そうして、行為にも心なしか熱がこもる。

もちろん、理香と比べれば舌の動きは稚拙《ちせつ》と言わざるを得ない。しかし、その舌使いが慣れた人間の行為と違ってなんとも初々しく、興奮を煽ってやまなかった。

ただ、このように舐め続けられていると、牡の本能のように新たな欲望も湧き上がってくる。

「美春さん、そろそろ口に咥えてもらっていいですか？」

良介の指示に、小柄な女子大生が舌を離して「えっ？」と驚きの声をあげた。

「咥え……ああ、そういえばフェラってお口の中にも……でも、こんなに大きいの、わたしのお口に入るんでしょうか？」

美春が、やや不安げな表情を浮かべてそんなことを言う。

「無理に、全部入れようとしなくてもいいんですよ。できる範囲で口に入れて、唇でしごくようにしてもらえれば」

良介が、前に理香から聞かされたアドバイスを伝えると、同い年の美女が少し考え込む素振りを見せた。

「な、なるほど、それなら……分かりました」

そう言って、彼女は「あーん」と口を大きく開けた。そして、ゆっくりと先端部を口に含んでいく。

(おおっ！　美春さんの口に、僕のチ×ポが入って……)

その光景を見ているだけで、良介の胸が自然に熱くなる。

また、亀頭が生温かな感触に包まれていく感覚は理香でも経験しているが、なかなか慣れるものではなかった。それに、心なしか爆乳女子大生の口内とは温度が異なるような気もして、なんとも新鮮な感じがする。

良介が、そんなことを考えていると、美春が竿の半分にも満たないところで、「んんっ！」と呻き声を漏らして動きを止めた。

どうやら、初めてではさすがにこれくらいが限界らしい。

それでも彼女は、どうにか呼吸を整えて、小さなストロークを開始した。

「んっ……んっ……んむっ……」

声をこぼしながらのその動きは、なんとも緩慢でテクニックも何もなく、ただひたすら動かしているという感じだった。しかし、同い年の処女の初フェラチオというだけで、興奮材料としては充分すぎる。

そうして、ストロークによってもたらされる心地よさに浸っていると、もともと愛撫などで昂っていたこともあり、良介の中に射精感が込み上げてきた。

「くうっ。美春さん、僕そろそろ出そうです！」

良介がそう口にすると、小柄な女子大生がペニスを口から出した。

「ふはあっ。出るって……あっ、そういう……」

美春は一瞬、こちらの訴えの意味を理解できなかったようだが、すぐに察したらしく納得の声をあげてハッとしたように自分の手で口を押さえる。

それから彼女は、カウパー氏腺液を溢れさせた一物を見つめ、再び良介の顔を見た。

「えっと……頑張って飲むので、その、わたしのお口に出してくださぁい」

「えっ!?　いや、でもそれは……」

フェラチオ初体験の女子大生から出た予想外の提案に、良介は戸惑いの声をあげていた。正直、初めてで口内射精と精飲というのは、かなりハードルの高い行為ではないだろうか？

「あの、保健室をあまり汚したくないので……」

と、美春が言い訳するように言葉を続けた。

（ああ、なるほど。顔に出したりしたら、床に精液がこぼれ落ちて、後片付けが面倒になりそうだもんな）

その点、口内射精でスペルマを飲んでしまえば、そういった心配はなくなる。たとえ、こぼれるものをゼロにはできないとしても、量を減らすだけでも行為後の処理は楽になるだろう。

「でも、大丈夫ですか？」

「えっと、頑張ります。その、実はエッチな動画とか見て……あの、ちょっと興味がありましたし……」

良介が念を押すと、美春は真剣な目でこちらを見てそう応じた。

ここまで言われると、もはや止める理由もあるまい。

「じゃあ、お願いします」

「は、はい。失礼しまぁす。あむっ。んっ、んっ……」

と、美春がペニスを再び咥えてストロークを始めた。

その動きは、お世辞にも上手と言えるものではなかったが、小刻みながらもリズミカルで心地よさがもたらされる。

おかげで、いよいよ脳内で射精へのカウントダウンが始まった。

「くっ。僕の精液、量が多いみたいだから気をつけて……ううっ！　もう出ますよ！」

と、注意を口にしたのと同時に、半ば無意識に彼女の頭を摑んで顔を背けられないようにする。そして良介は、女子大生の口に大量の白濁液を注ぎ込んでいた。

# 7

「ふはっ、はぁ、はぁ……変な味だけど、本当に濃いのがすごくいっぱぁい。精液って、こんなに出るんですねぇ？」

口内の精を飲み終えた美春が、息を切らしながらそんなことを口にした。ただ、その目は潤《うる》んでおり、頬も紅潮していて嫌悪の感情はまったく浮かんでいない。

（おおっ。本当に全部飲んじゃったよ。理香さんならまだ分かるけど、まさか美春さんがなぁ……）

射精の余韻に浸りながら、良介は驚きを禁じ得ずにいた。

もちろん、最後に彼女の頭を押さえ、ペニスを口から出せないようにして発射したのは自分である。だが、それでも肉棒を口から出したあと、涙目になりつつもスペルマを吐き出さず喉の奥に流し込んだのは、他ならぬ美春自身なのだ。

（美春さんも、実はエッチへの興味をかなり持っていたんだなぁ）

良介自身もそうだったが、彼女も日頃の異性に対する言動が消極的なぶん、知識を仕入れて妄想をふくらませていたのかもしれない。

「はああ……良介さぁん、わたし身体の奥が疼いてぇ……あそこもムズムズして、なんだか変な気分ですぅ」

美春のそんな声で、良介は我に返った。

目を向けてみると、彼女は跪いたまま太股の内側をモジモジと擦り合わせて、なんとも切なそうにこちらを見ている。

「あっ……えっと、それじゃあベッドに横になってもらっていいですか？」

良介がそう指示を出すと、女子大生は「はい」と応じてフラフラと立ち上がった。

そして、こちらがベッドから下りると、入れ替わって身体を仰向けに横たえる。

良介が再びベッドに乗ると、二人の視線が絡み合う。しかし、美春は恥ずかしそうにしながらも、もう目を逸らさなかった。おそらく、フェラチオまでしたことで開き直ったのだろう。

（よし。それじゃあ水着を脱がして……）

と、彼女の腰回りに残っている競泳水着に手をかけようとした良介だったが、すぐに思い直して動きを止めた。

（いやいや、やっぱりこのまましよう。どうせストラップを外しているから、水着が伸びちゃう心配もないし、着たままのほうがなんかエロいし）

そう考えた良介は、傍らに畳んで置いてあった美春のバスタオルを彼女の腰の下に敷いた。それから、脚の間に入って水着をかき分け、うっすらと恥毛の生えた秘部を露わにする。

男を知らない秘裂は、理香と違って貝の口がしっかりと閉じているが、奥から溢れた液で既にしとどに濡れている。その光景すらも、なんともエロティックに思えてならない。

いよいよ我慢できなくなった良介は、空いている手で一物を握り、割れ目に先端をあてがった。

すると、さすがに美春が「あっ」と声をあげ、身体を強張らせる。

「やっぱり、やめときますか?」

「い、いえ。その……っ、続けてください」

こちらの問いに、彼女が緊張した面持ちながらもはっきりとそう応じる。

小柄な女子大生の覚悟を察して、良介は一物を割れ目に押し込んだ。

途端に、目を閉じた美春が「んあああっ!」と甲高い声を保健室に響かせる。しかし、今はそれを注意する気にはならず、そのまま進んでいく。

すると間もなく、理香にはなかった抵抗があって、良介はいったん動きを止めた。

これが処女の証《あかし》なのは間違いあるまい。

ここを貫《つらぬ》けば、彼女の身体に初めての男として、永遠に消えない足跡を残すことになる。

(だけど、本当に僕なんかでいいのかな？)

処女をもらう責任感を意識すると、今さらのようにそんな思いを抱いてしまい、先に進むことをためらわずにはいられない。

すると、美春が目を開けてこちらを見た。

「あの……来て、ください。その……わたしは、良介さんに初めてをあげても……えっと、絶対に後悔しませんから」

恥ずかしそうに、しかしはっきりと彼女がそう告げる。

(ええいっ！　美春さんが、ここまで言っているんだぞ！　男なら、もう覚悟を決めろ！)

と思い直した良介は、「じゃあ、いきますよ？」と声をかけて、思い切って腰に力を込めた。

すると、ブチッと繊維を裂くような感触が先端に生じ、一物を遮っていたものが失われて奥へと入り込んでいく。

「んんんんっ！　ああーっ！　いっ、痛いぃぃぃぃ！」

美春は、歯を食いしばって声を堪えようとしたようだったが、我慢しきれなかったらしく悲鳴に近い大声を保健室内に響かせた。

保健室がある棟内に人がいたら、さすがに聞こえてしまったかもしれない。

そんな不安を抱きつつも、良介は分身をさらに先へと押し込んだ。

そして、腰が彼女の股間にぶつかってそれ以上は進めなくなったところで、いったん動きを止める。

「んあああ……い、痛いですぅ。こんなに、痛いなんてぇ……」

涙を流しながら、小柄な女子大生がそんなことを口にする。

その辛そうな表情を見ていると、いささか罪悪感を覚えずにはいられない。

結合部に目を向けてみたところ、美春の腰の下に敷いたバスタオルには赤い物が点々と付着していた。

「美春さん、しばらくジッとしているんで、辛くなったら言ってください」

さすがに痛々しいため、良介はそう声をかけて、しばらくそのままの体勢でいることにした。

本音を言えば、理香のときのようにすぐにでも欲望のまま腰を動かしたかった。しかし、破瓜《はか》を迎えたばかりの相手にそんなことをしたら、ただ痛がらせるだけで快感は与えられないだろう。

（できることなら、美春さんにもしっかり感じてもらって、初体験をいい思い出にしてあげたいからな）

理香との経験のおかげで、興奮こそしているものの、良介にはそう考える心の余裕があった。

（それにしても……こうしていると、オマ×コの感触がはっきりと感じられるな。理香さんとは違う印象だけど、美春さんの中もすごく気持ちいい！）

爆乳女子大生よりも狭い彼女の膣道は、まるでペニスに吸いつくかのようである。しかし、その狭さに蠢きも混じっており、ジッとしていても肉棒に心地よさがもたらされている。

良介が、そんな感想を抱きながら膣の感触に浸っていると、同い年の女子大生が目を開けて涙で濡れた目を向けてきた。

「あ、あの、良介さん？　一つ、聞いていいですか？」

「ん？　なんすか？」

「えっと……良介さん、同い年のわたしにも丁寧な言葉を使いますよね？　それって、誰に対してもそうなんでしょうか？」

「えっ？　あっ、いや……男の友人と話すときなんかは、もっと砕けた話し方をしますけど」

彼女の予想外の問いかけに、良介は困惑しながら応じていた。

「あの……それなら、わたしと話すときは、普通の喋り方にしてもらえませんか？」

「いや、えっと、でも、美春さんだって丁寧語で話すじゃないですか？」

「あっ。わ、わたしは性格で、家族以外の人と会話するときは誰にでもこうで……良介さんは、違いますよね？」

「そりゃあ……でも、僕は臨時で大学に雇われているだけですから……」

何しろ、「監督」とは言っても名目だけの存在なので、良介は自分の立場を学生より下だと認識していた。そのため、同い年が相手でもなるべく丁寧な言葉を使うように心がけていたのである。

しかし、どうやら彼女はそれが不満らしい。

「その……こういう仲になったのに、今みたいな話し方をされていると、なんだかまだ心の距離があるような気がして……」

と、美春が遠慮がちに言葉を続けた。

理香は年上だからか、関係を持ったからとこちらの言葉遣いを気にする様子はまったくなかったが、同い年だと他人行儀に感じてしまうのかもしれない。あるいは、個人の認識の差だろうか？

いずれにせよ、彼女の言い分も納得がいくものではあった。

「うーん……分かったよ、美春さん。他の人がいる前では今までどおりの話し方をするけど、二人だけのときは普通に話すから」

少し迷って、良介はそう応じていた。

さすがに、交際もしていない同い年の女性を呼び捨てにする度胸はないが、砕けた口調にするくらいなら問題はない。これが、ギリギリの妥協ラインだろう。

「はい。じゃあ、それでお願いしますね」

と言って笑みを浮かべた美春だったが、まだ痛みがあるのか泣き笑いといった表情になる。

もう少し快感を与えたほうが、彼女にはいいのかもしれない。

「えっとさ……オッパイ、揉んでいい？」

「あっ、はい。その……良介さんのしたいように、してください」

女子大生の了承を得た良介は、再びふくよかなふくらみを両手で鷲掴みにした。そして、優しく揉みしだきだす。

「ひゃんっ、ああっ……繋がったまま、あんっ、揉まれるのぉ……んあっ、まだあそこはっ、んんっ、痛いのにぃ……はうっ、気持ちいいのもっ、ああっ、来ちゃっています ぅ！　あんっ、はううっ……」

すぐに、美春がそんな戸惑い気味の喘ぎ声をこぼし始めた。

どうやら、破瓜の痛みとバストからの快感が脳に同時に流れ込んできて、混乱しているらしい。

(理香さんに教わったことだけど、このまま気持ちよさが上回るまで愛撫を続けていれば……)

爆乳女子大生から受けたレッスンを思い出しながら、良介は乳房を慎重に揉み続けた。そうして、美春の反応を見ながら、少しずつ指の力を強めていく。

「んあっ！　あっ、あんっ……んんっ、あふうっ、あんっ……！」

愛撫の強さに合わせて、彼女の喘ぎ声が大きくなり、声の艶も増してきた。また、表情も心なしか和らいできた気がする。

それでも、さらにふくらみを揉み続けていると、間もなく小柄な美女が濡れた目をこちらに向けてきた。

「んあぁっ、良介さぁん」

そう声をかけられて、良介はいったん愛撫の手を止める。

「美春さん、大丈夫？」

「はい。その……良介さんと繋がっているところが、だんだん熱くなってぇ……なんだか、もどかしい気持ちになってきちゃいましたぁ」

こちらの問いに、彼女が切なそうに応じる。

「そろそろ、動いても平気そう？」

「はい。激しいのは、まだ自信がないですけどぉ……少しくらいなら、もう大丈夫だと思いますぅ」

その返答を聞いた限り、無理をしている様子はない。

「じゃあ、最初は小さくするから、痛いようならちゃんと言ってね？」

そう声をかけると、良介は乳房から手を離した。それから、美春の腰を摑んで持ち上げ、押しつけることだけを意識しながら、ゆっくりと抽送を開始する。

「んっ……あっ、あんっ、奥ぅ……んあっ、届いてのぉ……ふあっ、あんっ、分かりますぅ……んんっ、あうっ……」

こちらの動きに合わせて、彼女がそんな喘ぎ声をこぼしだす。

「痛くない？」

「んあっ、はいぃ……あんっ、これくらいならっ、んはっ、大丈夫っ、あうっ、みたいですぅ。あんっ、ああっ……」

問いかけに応じた女子大生の表情を見る限り、無理をしている様子はなかった。おそらく、嘘をついて我慢しているということはなかろう。

（それにしても、理香さんとのエッチ経験がなかったら、いったいどうなっていたんだろう？）

緩やかな抽送を続けながら、良介はそんなことを思わずにいられなかった。

そもそも、童貞のままだったら美春の誘惑に腰が引けて逃げ出していたのではないか、という気はする。

ただ、誘いを受け入れた場合でも、女性の反応を見ながら力加減を調整する、ピストン運動を思いとどまる、といった配慮をする余裕はなかったに違いあるまい。

その場合、本能のまま行為に及び、破瓜の痛みを訴える女子大生を気遣うこともできず、乱暴に腰を振っていたか、どうしていいか分からなくなってパニックを起こしていただろう。少なくとも、こうしてゆっくり小さめの抽送をする、という発想は浮かばなかったはずだ。

そう考えると、理香との経験がしっかりと糧《かて》になっているのが、今さらのように実感できる。

そんなことを思いながら、さらに一定のリズムを保ってピストン運動を続けていると、美春が切なそうにこちらを見た。

「んあっ、良介さぁん。あんっ、もう、あんっ、平気ですっ、あうっ、からぁ……あっ、もっと、んああっ、してっ、あうっ、くださぁい！　ああっ、あんっ……！」

そう訴えた彼女の声を聞く限り、どうやら痛みはほとんど感じなくなったようである。とはいえ、大きく動けばどうなるか、まだ分からない。

そこで良介は、少しだけ腰の動きを大きめにした。

「んはあっ！　あっ、あはあっ！　奥っ、ああっ、ノックされてぇ！　ああっ、ひゃうっ……！」

たちまち、美春が甲高い喘ぎ声を保健室に響かせる。

その声はもちろんだが、初めてとは思えない艶めかしい表情も、牡の興奮を煽ってやまない。

「あんっ、わたしぃ！　ああっ、声っ、はううっ、抑えられませぇん！　あんっ、恥ずかしいのにっ、ああっ、勝手にっ、あうっ、出ちゃいますぅ！　はああっ、ああんっ……！」

美春が、喘ぎながらそんなことを口にした。

言われてみると、確かにいささか声が大きすぎるかもしれない。

そこで良介は、いったん腰の動きを止めた。

「じゃあ、体位を変えようか？」

こちらの言葉に、同い年の女子大生が「えっ？」と怪訝そうな表情を浮かべる。

良介が、腰を引いて分身を膣から出すと、美春は「んあああっ」と苦痛とも無念さともつかない声をあげた。

しかし、良介はそれに構わず、小柄な彼女の身体を反転させてうつ伏せにした。そうして、腰を持ち上げる。

「あっ、これって……」

こちらの意図をようやく察したらしく、美春がそう口にして自ら枕に突っ伏すような格好になった。それから、腰を良介のほうに突き出すように高々と上げる。

良介は、片手で彼女の腰を掴むと、もう片方の手で一物を握って秘裂に先端を合わせた。それから、一気に中に押し込む。

「んんんんんっ！」

枕に突っ伏した格好の美春が、くぐもった声をあげて身体を強張らせる。

さすがに、再度の進入で破瓜の部分が擦れて、痛みがぶり返してしまったのかもしれない。

それでも、最後まで挿入し終えた良介がいったん動きを止めると、彼女が顔を上げてこちらを見た。

「美春さん、大丈夫？」

「んあ……正直、少し痛かったですけどぉ、良介さんがまた入ってきて、なんだかすごく満たされた感じですぅ」

その返答を聞いた限りでは、どうやらもうそこまでの辛さは感じていないらしい。

「動くよ？」

「はい……あとは、良介さんのしたいようにしてください」

そう応じて、美春が枕に顔を埋める。

そこで良介は、動きすぎないように気をつけつつも、抽送を開始した。

「んっ、んんっ！　んぐっ、んむっ、んっ、んんんっ……！」

腰の動きに合わせて、美春のくぐもった声が枕越しに聞こえてくる。しかし、これならば大声の心配はなさそうだ。

（やっぱり、後背位は動きやすいな）

ピストン運動をしながら、良介はついそんなことを考えていた。

動物的な体位だからか、この体勢は実に腰を動かしやすい。それに、女性を後ろから貫くのは、なんとも言えない征服感がある。

ただ、スムーズな抽送を続けていると次第に歯止めが利かなくなってきて、良介は半ば無意識にだんだんと腰使いを荒くしていた。

「んっ、んむっ、むむんっ！　んっ、んっ、んむぅっ！　んっ、んんっ……！」

美春が枕に突っ伏したまま、くぐもった喘ぎ声をこぼし続ける。

しかし、彼女は特に苦しそうな様子もなければ、嫌がる素振りも特に見せなかった。

それどころか、ヌメった膣肉が陰茎を締めつけてきて、動くたびに心地よさが増幅されていく気がしてならない。

そうしてセックスの快感に浸っていると、いよいよ良介の腰に熱いものが込み上げてきた。

「ううっ、美春さん！　僕、もう……抜くよ？」

「んあっ、ダメぇ！　このまま、あんっ、中にくださぁい！」

こちらの言葉に対し、美春が枕から口を離して、そう訴えてくる。

それと同時に、膣肉が妖しく蠢いて肉棒に甘美な刺激がもたらされる。

「うあっ！　ダメだ！　出る！」

と口走るなり、良介は膣道の心地よさに我慢しきれず、暴発気味に膣内へと精液を注ぎ込んでしまった。

「ああーっ、中にぃぃ！　んんんんんんんんっ!!」

甲高い声をあげた美春だったが、すぐに枕に顔を埋めると、呻くような絶頂の声をこぼしつつ、身体を強張らせるのだった。

# 第三章　ツンデレ美女と汁だくビーチ姦

## 1

「こんにちは、堀内監督」

その日、水泳部の活動時間前にプールに来ていた良介に、競泳水着姿の美春が声をかけてきた。

「こ、こんにちは、美は……藤井さん」

まさか、彼女のほうから声をかけてくるとは思っていなかったため、動揺して危うく「美春さん」と口走りそうになったが、どうにか呼び直す。

いくら今は二人きりとはいえ、もうすぐ理香と麻優も来るのだから、プール内で馴れ馴れしい呼び方をするべきではあるまい。

ただ、こうして向かい合っていると、一昨日の保健室での出来事が脳裏に甦ってきてしまう。

それにしても、美春が自ら男性に近づいて、しかも噛まずに挨拶をしてくるとは、つい先日まではまず考えられなかった変化と言える。それだけ、あの初体験は彼女にとって大きなことだったのだろう。

「あの、身体は大丈夫ですか？　まだ、無理はしないほうが……」

「あっ……えっと、平気です。昨日までは、ちょっと歩くのも大変って感じでしたけど、今日はもう……」

こちらの問いに、そう答えた美春は、顔を真っ赤にして俯いた。

どうやら、破瓜の痛みや初めて肉棒を迎え入れた違和感は、既に抜けたらしい。

ただ、女性の口からいささか生々しい告白を聞くと、改めて彼女を意識せずにはいられない。おかげで、小柄な女子大生の肉体を再び味わいたい、という牡の欲求が心の奥底からムラムラと込み上げてきてしまう。

（いやいや、待てって。ここはプールで、これから部活の時間なんだぞ！）

そう考えて、なんとか自分の欲望を抑え込む。

すると、タイミングよくと言うべきか、水着姿の理香と麻優が揃って姿を見せた。

「こんにちは、良介くん。あら、美春はやっぱり先に来ていたのね？」

「おーっす、良介。美春、珍しいな？　一昨日までは、絶対に一人でプールに来ようとしなかったのに」

　と、二人が声をかけてくる。

「り、理香先輩、麻優先輩、えっと、こんにちは。その、堀内監督には一昨日助けてもらったり、保健室に運んでもらったりしたお礼を、ちゃんとしておこうと思ったものですから。やっぱり、そういうのは他の人がいないところでしないと……堀内監督、それでは」

　美春が、少しオドオドしながらそんな言い訳を口にして、良介に向かってペコリと頭を下げると、上級生たちのほうに向かう。

「ふーん。美春、良介くんの前でも緊張しなくなったの？」

「あっ、えっと、まだ緊張はしています。けど、助けていただいたおかげか、その、前ほどじゃなくなったというか……」

　理香の訝しげな問いかけに、美春はやや言葉を濁しながらも、当たり障りのない返答をする。

「ああ、なるほど。良介は命の恩人だし、お姫様抱っこまでしてもらっているもんなぁ。それに、保健室でも付き添ってもらっていたみたいだから、多少は慣れるのは当然か」

と、麻優は後輩の言葉に納得の面持ちを見せた。

当たり前だが、美春とのセックスの件は二人だけの秘密にしている。

保健室に漂《ただよ》っていた性臭も、消臭剤でどうにか誤魔化し、破瓜の証が付いたバスタオルも隠したおかげで、戻ってきた養護教諭は自分の不在中に何があったかに気付いた様子はなかった。もっとも、良介が酷くグッタリしていたことに、首を傾げていたのだが。

理香のほうはというと、しばらく胡乱《うろん》な目つきをやめなかったものの、やがて「はぁ」とため息をついて肩をすくめると、良介に目を向けた。

「まぁ、いいわ。良介くん、部活を始めましょう」

「あっ……そ、そうっすね。じゃあ、皆さん。先日の藤井さんのこともあるんで、くれぐれも準備運動を怠らないように、ちゃんと筋を伸ばしてから水に入ってください。今日も、よろしくお願いします！」

爆乳の部長から急に話を振られて、少し焦りを覚えながらも、良介はなんとか開始の挨拶をした。

「ねぇ？　もしも溺れたら、良介くんはわたしのこともお姫様抱っこをしてくれるのかしらぁ？」

と、こちらに近づいてきた爆乳女子大生が、からかうように問いかけてくる。

「いや、その、溺れるのを前提にしないでくださいよ。あんなことが立て続けにあったら、さすがに大変ですから」

良介は、慌ててそう応じた。

いくらなんでも、わざと溺れるような真似はしないだろうが、理香の言葉はあまり心臓によくないものである。

ただ、微妙に嫉妬が感じられた気がしたのは、うぬぼれがすぎるだろうか？

そうして、三人が準備運動のあとプールに入るのを、良介は監視台の上から眺めていた。

すると、第一コースの美春と視線がぶつかった。

彼女は、照れくさそうな笑みを浮かべ、水から手を出してこちらに小さく振ってから、すぐに泳ぎだす。とはいえ、一昨日こむら返りを起こしたこともあり、かなり慎重な泳ぎ方をしているのだが。

（美春さん、僕を「運命の王子様」なんて言っていたんだよなぁ）

良介は、保健室での行為のあとに彼女と話したことを、ついつい思い出していた。

男性を苦手としていた美春だったが、セックスについての知識を仕入れていたことからも分かるように、実は異性への興味を人並みに持ち合わせていた。ただ、小学校からずっと女子校で、しかも一人っ子で身近に父親と教師以外の男性がおらず、その上もともとやや消極的な性格である。そのため、異性との接し方が分からず過度に緊張してしまって、どうしても怯えるような態度になっていたらしい。

そうこうしているうちに、彼女は「こんな自分を受け入れてくれる王子様」への憧れを抱くようになった。いわゆる、「シンデレラ症候群」に近い状態、あるいはそのものと言っていいかもしれない。

そんなときに、臨時監督としてやってきた良介が、足がつって溺死しそうな自分の危機を救ってくれた上に、お姫様抱っこで保健室まで連れて行ってくれたのである。

この時点で、彼女は良介を「運命の王子様」と認識してしまったらしい。

加えて、初体験だったにもかかわらず一緒に絶頂を迎えられたことで、その思いをますます強めたようである。

（それ自体は、僕としても別に構わないし、嬉しいんだけど……美春さんにあそこまで好意を向けられても、僕は理香さんともエッチしているし、本当にどうしたらいいのやら……？）

という困惑を抱きながら、良介は監視台の上で「はあー」と大きなため息をこぼすのだった。

## 2

（ど、ど、どうしてこうなった？）

アパレルショップの女性用水着売り場の試着室内で、良介はそんな焦りを隠せずパニック状態に陥っていた。

何しろ、今は美春と抱き合うような格好で、狭い試着室の中で向かい合っているのである。

もともと、今日は部活がない日で、一日丸々空いていたため、良介はいささか暇を持てあまして午後から図書館で涼むことにしたのである。三十五度を超す酷暑にゲンナリしながら、図書館に向かって歩いていたところ、ビクビクしながらどこかに向かっている美春と、バッタリ遭遇したのだった。

なんでも、彼女はもうすぐ水泳部で行く海水浴のため、新しい水着を買うことにしたらしい。ただ、「運命の王子様」と認識した良介だけは平気になったものの、まだ男性全般への苦手意識が拭いきれていなかった。そのせいで、一人でアパレルショップに行こうとしたものの、自分でも想定できなかったほど外を歩くのに苦労していたときに、良介と遭遇したのである。

この邂逅《かいこう》で、美春は「やっぱり、わたしたちは運命で結ばれているんですね」と嬉しそうに言って、さらに「水着を選んでもらいたい」と懇願してきた。

そうして良介は、半ば強引にアパレルショップの女性用水着売り場に連れて行かれたのである。

彼女は、去年の海水浴を不特定多数の異性に肌を晒す羞恥心に耐えきれず、欠席していたのだが、今年は良介がいるから急遽、参加を決意したらしい。その上で、「だからこそ、良介さんが気に入った水着を着たいんです」と言われたら、とても水着選びを拒否できなかったのだ。

アパレルショップで、良介が羞恥に耐えながら選んだのは、肩紐やバストのアンダー部分に大きめのフリルが施《ほどこ》された、紺色のビキニだった。もっとも、トップの露出は少なめで、パンツもヘソ下までくるハイウエストという、比較的大人しめのデザインである。

理香が着る予定の水着を知っているだけに、本来なら対抗させたい気持ちもあった。

だが、美春に爆乳女子大生と同等の露出を求めるのは、さすがに酷というものだろう。

その後、彼女も良介の羞恥心を理解して、水着を持って売り場からもほとんど見えない位置の試着室に入ってくれた。

ところが、そうして白い下着の上から水着を着用して見せてくれたまではよかったのだが、美春は急に驚きの表情を浮かべると、良介を試着室内に引っ張り込んだ。

かくして、現在の状況となっている次第である。

「あ、あの……？」

「しー。売り場に、わたしと同じ学科の顔見知りがいて……こんなところを見られたら、きっと夏休み明けに学科中の噂になっちゃいます。わたしが男の人を苦手なのは、みんな知っているので……」

驚きの声をあげかけた良介に、彼女が小声でそう言った。

確かに、友人ならともかく顔見知りレベルでは、美春が男と一緒に水着売り場にいる現場を目撃したら、あることないこと想像して大騒ぎしそうだ。となると、しばらくは隠れていたほうがいいのかもしれない。

「でも、なんで僕を引っ張り込んだの？」

「あっ。そ、それは思わず、反射的に……ごめんなさい」

小声で良介が聞くと、彼女は消え入りそうな声で謝った。

どうやら、意識してやったわけではなかったらしい。

実際、美春が姿を見せなければまったく問題なかったのだから、良介を試着室に隠したのは無駄な行動だった、と言わざるを得まい。

ただ、こうして狭い場所で抱き合うような格好で密着していると、彼女の体温や匂いが漂ってきて、牡の本能を刺激してやまなかった。ましてや、炎天下を歩いていたため、汗の匂いもするのだ。もちろん、相手の汗の匂いが感じられるということは、向こうも同じということである。

「ゴメン。汗臭くない？」

「大丈夫です、良介さんの汗の匂いなら……」

こちらの問いかけに、恥ずかしそうに美春が応じる。

そんな愛らしい態度を目の当たりにしていると、ズボンの奥で一物が自然にムクムクと鎌首をもたげてしまう。

すると、その変化に気付いたらしい彼女が、「あっ」と小さな声をあげた。

「ご、ごめん。その、さすがに我慢できなくて……」

気まずくなって、良介がそう釈明すると、

「いえ、あの……むしろ、嬉しいです」

と言いながら、彼女が股間に手を伸ばしてズボン越しに触れてきた。

「ああ、こうすると硬くなっているのが分かってぇ……これ、わたしで興奮してくれているんですよね？」

予想外に積極的な行動に加え、小声でそう問われて、良介は首を縦に振るしかない。

「わたしも、なんだかすごくドキドキしちゃってぇ……良介さんのオチ×チン、今すぐ欲しくなってきちゃいましたぁ」

美春が、濡れた目で妖艶な笑みを浮かべて、そんなことを言う。

どうやら、すっかり牝の本能に支配されてしまったらしい。当然、眼前の女子大生が何を望んでいるかは明らかだ。

（まさか、あの美春さんが自分からチ×ポに触ってきた上に、こんなことまで言うなんて……）

しかも、アパレルショップの試着室内なのである。

普段の彼女の控えめなキャラ性と、今の積極性のギャップには、まったくもって驚きを禁じ得なかった。

ただ同時に、激しい興奮が湧き上がってきたのも、紛《まぎ》れもない事実である。

どうにも我慢できなくなった良介は、小柄な美女の顎に手を当て、少し上を向かせると、そのまま唇を重ねた。

「んんっ!?　んっ、んちゅ、んむ……」

一瞬、驚いたような声をこぼした美春だったが、すぐにウットリした表情になってこちらの行為を受け入れてくれる。

とはいえ、場所が場所なのであまり派手な音をさせるわけにはいくまい。

そこで良介は、舌を彼女の口内に入れた。そして、女子大生の舌に自分の舌を絡みつける。

「んむっ！　んっ、んむる……んじゅ……むりゅ……」

意外と言うべきか、こちらが舌を動かすなり、美春も自ら舌を動かしだした。もちろん、その行為はぎこちなかったが、それは良介のほうも大差ない。

ただ、ほぼ初心者同士の舌のチークダンスは、互いに工夫しながら高め合っているような感じがして、慣れた相手とするのとは異なる興奮がもたらされる気がしてならなかった。

そうして、ひとしきりディープキスを交わすと、良介はいったん舌を離した。

「ふはあっ。はぁ、はぁ……美春さん、水着をどうしようか？」

と、息を整えながら小声で問いかける。

何しろ、彼女が着用しているのは未購入の売り物なのだ。迂闊《うかつ》にシミなどをつけては、さすがにマズイだろう。

「んあっ。わたし、これでいいですぅ。良介さんが、初めて選んでくれたものですからぁ」

と、美春が濡れた目で応じた。

どうやら、彼女はこの水着を買うことに決めたらしい。

そんな女子大生の思いに、胸が自然に熱くなるのを禁じ得ない。

そこで良介は、改めてキスをすると美春の身体を壁の鏡に押しつけた。そして、バストと股間に手を伸ばして、同時に触れる。

途端に、彼女が「んんっ！」と呻くような声をこぼした。口を塞いでいなかったら、大声が出ていたかもしれない。

そう考えつつ、良介はふくらみを揉みながら股間に這わせた指も動かしだした。

(水着の下はパンツだけど、水泳用のインナーと厚みがちょっと違うから、なんか新鮮な感じだなぁ)

ついつい、そんな思いが心をよぎる。

それに、理香のときも思ったが一般向けの水着は競泳水着と材質が違うので、手触りも異なるのだ。おかげで、同じ「水着」であってもまったく別のものに触れているような感覚になって、興奮が煽られる。

良介が、昂りながら愛撫を続けていると、また分身をまさぐられる感触があった。

それが美春の手なのは、考えるまでもなく明らかである。

彼女は、ズボンの上から勃起の形を確認するように何度か擦るように手を動かした。

それから、手探りでファスナーを開け、パンツの奥に手を入れていきり立った肉棒を捉えて外に出すと、すぐにペニスを握ってしごきだす。

（くうっ！　チ×ポが気持ちよく……）

分身からもたらされた心地よさに、良介は内心で呻き声をあげていた。

まさか、あの奥手だった女子大生が、ここまで積極的にしてくれるとは思ってもみなかったことである。それだけに、経験豊富な理香としたときとは違った感動が湧いてきて、昂りも自然に増してしまう。

（おっ。美春さんのオマ×コが、けっこう濡れてきたぞ）

愛撫を続けていた良介は、彼女の秘部に生じた変化に気付いた。

水着とショーツ越しでも、奥が潤いだしたのは指からしっかりと伝わってくる。

(だけど、水着にシミを作ったら、さすがにマズイよなぁ)

この店は原則セルフレジなので、裾上げなどがない水着の購入時に店員が行為の残《ざん》滓《し》に勘づく可能性は低い。だが、あまり濡らすと怪しまれるかもしれない。

「ふはっ。下、脱がすよ?」

唇を離して小声でそう声をかけると、美春が無言で首を縦に振り、ペニスから手をどける。

彼女の了承を得て、良介はその場にしゃがみ、ビキニのショーツと下着に手をかけた。そして、両方を一気に引き下げて女子大生の下半身を露わにする。

足下まで下げると、美春が足を動かしてくれたので、水着と下着を抜き取って傍らに置く。

そうしてから、改めて秘部を見ると、既に彼女のそこは良介の想像以上に蜜をしたためていた。

(あれ? 随分と早いな)

そんな気はしたものの、おそらくアパレルショップの試着室という、いつ誰に気付かれるか分からない場所での行為に、美春も良介と同様に背徳的な興奮を覚えていたのだろう。

そこで良介も、履いていたカジュアルサンダルを脱ぎ、ズボンとパンツをいそいそと下げて下半身を露わにした。

「立ったまま、挿《い》れるよ？」

小声でそう声をかけ、良介は膝を少し曲げて秘裂に分身をあてがった。

二人の身長差は約二十センチあるので、腰の高さも大きく違う。そのため、立位での挿入時は、こちらがややかがむ格好になる。

それから良介は、また彼女にキスをして唇を塞ぎ、ゆっくりとペニスを挿入した。

「んんんんーっ！」

たちまち、美春がくぐもった声をこぼした。口を塞いでいなかったら、店中に響くような声が出ていたかもしれない。

そんなことを思いつつ、良介は肉棒を彼女の奥に挿《い》れきった。それでもまだ、膝には若干の余裕がある。

動きを止めると、良介はいったん唇を離した。

「んはあ……はぁ、はぁ……良介さんが、またわたしの中を満たしてぇ……すごく嬉しいですぅ」

濡れた目で、美春がそんなことを口にする。

その彼女の態度を見ているだけで、抽送への欲求が激しく込み上げてきてしまう。

「痛くない？　動いてもいい？」

「はい。もう痛みはなくて……大丈夫ですぅ」

「じゃあ、身体を持ち上げて、キスをしたまま動くよ？」

と良介が訊くと、こちらの意図を察したのか、美春が頷いて首に手を回してきた。

そうして、今度は自分からキスをして唇を重ねる。

彼女も、抽送で声を出さない自信がないのだろう。

それを確認してから、良介は女子大生の太股に手を回して身体を持ち上げた。そして、彼女の肩を鏡に押しつけるようにしたまま、抽送を開始する。

「んんーっ！　んっ、んっ、んむっ……！」

重なった唇から、美春のくぐもった喘ぎ声がこぼれ出る。

改めて前を見ると、鏡に映る美女の後ろ姿と自分の姿が目に入る。それが、プールや普通の部屋でするのとは異なる背徳感を呼び起こす気がした。

また、これだけ密着すると膣はもちろんだが、彼女の温もりや匂い、さらに胸の感触もしっかりと感じられる。そうして、全身で小柄な女性を堪能している悦びは、筆舌に尽くしがたいものがあった。

それに何より、隣の試着室に客が来たり、店員が様子を見に来たりするかもしれないという不安が、かえって妙な興奮材料になっているのも紛れもない事実である。

そんな昂りのまま、良介はひたすら腰を突き上げ続けるのだった。

## 3

その日は、気温が三十五度ほどの快晴で風も弱い、絶好の海水浴日和《びより》だった。

聖桜女子大学から最も近い海水浴場は、日本でも最古級の歴史を持つ。しかし、駅からやや距離がある上、もっと有名で駅から近めの海水浴場がすぐ近くにあるため、この界隈では比較的空いている、言わば穴場のスポットである。

ネットでチェックしたところ、人気の海水浴場は今日、砂浜一面がビーチパラソルの花畑状態らしい。当然、海の遊泳可能な範囲はどこぞの有名リゾートプール並みに混雑しており、泳ぐのもままならない状況とのことだ。

だが、良介が来ている海水浴場の人口密度はその半分程度で、場所取りもそこそこ楽にできるし、遊泳も可能である。

（それにしても、まさか僕が女の人と海水浴をする日が来るなんて……）

下は海水パンツ、上が長袖のラッシュガードのパーカーという格好の良介は、どうにか確保できた場所にビーチパラソルを立てながら、そんなことを思っていた。

今日は、聖桜女子大学水泳部の海水浴の日である。もちろん、理香、麻優、美春というい つものメンバーが揃って参加していた。ただし、由紀乃は水泳部の現役ではないので、さすがに不参加である。

今、三人の女子部員は更衣室で着替えている最中だ。

男の良介は、一足先に着替えを終えたので、レンタルしたシートを敷いてビーチパラソルを用意している次第である。もっとも、これは臨時監督の仕事ではなく、唯一の男子だからという意識で、自発的にやっていることなのだが。

昨年、良介はこの海水浴場でライフセーバーのアルバイトをしており、カップルなどが海水浴を楽しむのを横目に、海で溺れている人がいないかを監視台の上から監視していた。だが、今年は海水浴客として来ている。それが、なんとも不思議な気がしてならない。

もちろん、これはあくまでも水泳部の活動の一環であって、デートの類《たぐい》ではない。

しかし、今日来ている三人の内二人と肉体関係を持っているのだから、デート気分になるのも仕方がないのではないだろうか？

「良介くん、お待たせ」

「お待たせしました、りょ……堀内監督」

間もなく、理香と美春の声がして、良介はそちらを見るなり思わず息を呑んでいた。

海水浴とはいえ、水泳部の活動の一環ということもあって、三人とも日焼け対策も兼ねて胸元に大学の校章が入ったクリーム色のフルジップのラッシュガードパーカーを羽織っている。また、彼女たちは手に部活でも使っているバッグを持っていた。

それ自体は、特段見とれるようなことではなかったが、競泳水着とは異なる三人の美女の水着姿に、今さらながら目を奪われてしまったのである。

爆乳女子大生と同い年の女子大生は、良介と関係を持ったときの水着だった。

理香の布面積の少ない黒いビキニの水着は、室内でも充分に色気があったが、こうしてまばゆい陽射しに照らされた砂浜で目にすると、屋内よりも遥かに煽情《せんじょう》的に見える。特に今は、クリーム色のパーカーと水着の黒と白い肌が見事なコントラストになっていた。それに胸の大きさとも相まって、間近で見ているだけで興奮が煽られる気がしてならない。

美春の水着も、海水浴場だと試着室で見たときより、いっそう魅力的に思えた。露出度は理香ほどではないが、フリルのついたビキニが小柄な彼女の愛らしさを引き立てている。パーカーを脱いで完全に水着姿になったら、いったいどれほど可愛さが増すのか見当もつかない。

そして唯一、事前に水着を見ていない麻優は、上がストライプ柄のインポートライクなビスチェビキニにパーカー、下はデニムのショートパンツという格好をしていた。もちろん、ショートパンツの下にビキニショーツを穿《は》いているのだろうが、パーカーの前を閉じれば、そのまま道を歩いていてもおかしくない格好である。とはいえ、活動的でボーイッシュな出《い》で立ちが、ショートヘアで男勝りな性格の彼女によく似合っている。

「なんだよ、良介？　言いたいことがあるなら、はっきり言えよ！」

ついつい見とれていた良介は、そんな麻優の苛立った声で我に返った。

「あっ、えっと……さ、三人とも、すごく似合ってます」

さすがに、「理香さんと美春さんの水着は、前に見ているけど」と言えるはずがないので、良介は内心の動揺をどうにか抑えながら、当たり障りのない返答した。

それを聞いて、関係を持っている二人は嬉しそうな笑みを浮かべたが、麻優はやや不機嫌そうに「ふんっ」とそっぽを向いてしまう。

（一時期、ちょっと当たりが柔らかくなった気がしたんだけど、やっぱり柊木さんはなんか僕に冷たいんだよなぁ）

と、良介は内心で肩をすくめていた。

一歳上のボーイッシュ美女は、決して異性に興味がない、というわけではなさそうだった。それに、溺れかけた美春を助けたあと、しばらく態度がそれなりに軟化していたのである。

ところが、少ししたらまた当たりがキツくなった。

そんな彼女の態度の変化が、どうにも理解できないため、こちらとしては困惑するしかないのである。

このようなこともありつつも、良介は水泳部の活動の一環として、部員たちとの海水浴を楽しみだした。

とはいえ、何しろもともとが緩い部活である。砂浜をランニングする、遠泳に取り組むといった運動部らしいことは一切せず、ビーチボールやラウンジフロートと呼ばれる、上で寝そべることができる浮き輪を使うなど、定番の遊びをするくらいである。

もっとも、良介は異性と海水浴をすること自体が、思春期になって以降初めてだった。ましてや、異なる魅力を持つ美女たちと一緒なので、たとえ臨時監督という立場であっても役得と言っていいだろう。

ただ、爆乳の理香と巨乳の美春がいるからか、そこに麻優も加えて三人の美女に囲まれているからなのか、周囲の男たちから嫉妬を通り越して、殺意にも似た視線が向けられていることには、居心地の悪さを感じずにはいられなかった。

そのせいか、ひとしきり遊ぶと体力よりも先に精神的な疲労がきてしまい、良介はいったんビーチパラソルの下に入って一息つくことにした。

それに合わせて、三人の部員たちも休憩に入る。

「あたし、トイレに行ってくる」

水分補給を終えると、冷たく言って麻優が去っていった。

「麻優ったら、やっぱり居心地が悪いのかしらねぇ？」

そう言いつつ、理香が横から身体を寄せて肩に頭を乗せてきた。

すると、潮の香り混じった彼女の匂いが鼻腔に流れ込み、腕に当たったたふくよかな感触も相まって自然に牡の本能が鎌首をもたげそうになってしまう。

「あっ、もう、理香先輩ってば。りょ、良介さん、わたしも……」

と、美春が反対側に来て、爆乳の先輩と同じような体勢になる。

おそらく、今は麻優がいないからなのだろうが、二人ともやけに積極的だ。

「あらあら。美春ったら、随分と大胆になったわねぇ？　それに、『良介さん』呼びをするってことは、やっぱり……」

「そ、それはどうでもいいんですっ！　良介さんは、わたしの王子様なんですから、誰にも渡しません！」

理香のからかうような言葉を遮って、小柄な美女が良介の腕をギュッと掴む。

「あらぁ？　良介くんは、それを認めたのかしら？　多分、今のところ美春の一方的な宣言よね？　それなのに、良介くんを独占しようなんて勝手じゃなぁい？」

爆乳女子大生のほうも負けじとそう言って、二人が良介を挟んで睨み合った。

（まさか、あの控えめな美春さんが、理香さんとここまで張り合うなんて……）

良介は、そんな驚きを禁じ得なかった。

と同時に、自分を巡っての争いに、なんとも言えない気まずさを感じてしまう。

もう少し女性に慣れていれば、どうにか仲裁できるのかもしれないが、今の良介にはいささか荷が重かった。

「あ、あの、僕もちょっとトイレに行ってきます！」

そう言って、良介はなんとか二人を振り払って立ち上がった。そして、そそくさとラッシュガードのパーカーを羽織ると、ビーチパラソルの下から出て小走りにトイレへと小走りに向かう。

あのまま密着されていたら、トイレの個室で尿ではないモノを一発出さないと勃起を抑えられなくなっていただろう。ここは少し、クールダウンしたほうがいい。

(本当に、僕はどうしたらいいのかな？)

そんなことを思って、良介は「はあー」と大きなため息をついていた。

# 4

トイレに到着すると、個室の数が限られているからだろう、女子トイレのほうには外まで長い行列ができていた。しかし、その列に麻優の姿はない。

(もう、個室に入ったのかな？　いや、でも時間的にそこまでとは……)

女子が用を足すのに何分かかるかは分からないが、麻優がトイレに向かってから、まだ数分程度である。行列の状況から見て、あのあとすぐに並んだとしても、せいぜい列の中央あたりではないだろうか？

(ということは、トイレに行ったわけじゃない？　荷物は置いてあったんだから、帰ったはずはないし……)

そんなことを思うと、何やら胸騒ぎがしてきて、良介はトイレから離れて周囲を探しだした。

だが、ボーイッシュな女子大生の姿はどこにも見当たらない。

（一人で帰った？　いや、スマホとか荷物はビーチに置きっぱなしだったから、そんなはずはないな。だとすると……）

いったん立ち止まって考え込んでいると、水着姿の若い女性が駐車場のほうから逃げるように駆けてきた。

恐怖に強張った表情をしていた女性は、良介を見るとすぐに駆け寄ってくる。

「あ、あの、助けて……いえ、わたしじゃなくて、わたしを助けようとした女の人が、男の人たちに……」

混乱しているせいか、いささか要領を得ない説明だったが、良介の中で嫌な予感が強まる。

「分かりました。僕が行きますから、あなたは早くここから離れてください」

良介がそう応じると、女性はペコリと頭を下げて立ち去る。

その態度から見て、相当に怖い目に遭ったのだろうと想像がつく。

良介は、急いで彼女が駆けてきたほうに向かった。

すると間もなく、「このっ！　離せよ！」という麻優の声が聞こえてきた。

そちらに行くと、すぐにボーイッシュな女子大生が、派手な柄のシャツを着た見るからに軽薄そうな二人の若い男に、ワンボックスカーのバックドアから後部に押し込まれそうになっている姿が見えた。

彼女は懸命に抵抗を示していたが、男の一人に羽交い締めにされているため、振り払えずにいる。

「へへへ……逃げた女もよかったけど、こういう勝ち気な女を牝顔にするのも、なかなか楽しみだぜ」

「お前、好きだなぁ。ま、胸はそれなりにあるから、俺もやらせてもらうけどよ」

そんな男たちのやり取りに、麻優が顔を引きつらせる。

格好や口ぶりからして、彼らは最初から海水浴場にいる女性を車に連れ込んで乱暴するために来たのだろう。

そうだとしたら、麻優はまさに今、危機的状況にあると言っていい。

とはいえ、もともとあがり症ということもあり、良介はこういう場面で後先考えずに飛び出す度胸など持ち合わせてはいなかった。

(助けを呼びに……いや、そんなことをしている間に、柊木さんが車に押し込まれちゃう。それで、もしも別の場所に移動されたら……）

もちろん、警察に連絡すれば彼らを捕まえてもらえるだろう。しかし、その間に麻優がどんな目に遭わされるのか？

それを考えると、悠長な真似をしている暇などあるまい。となれば、執《と》れる手段も一つしか思い浮かばなかった。

「お前等、俺の女に何をしてやがる!?」

意を決した良介は、わざと声を荒らげ、一人称も「俺」に変えてそう叫ぶと、一気に麻優たちのほうに駆け寄った。

二人の男が、突然のことに驚きの表情を見せる。

良介はその隙を突き、男を突き飛ばして麻優を抱き寄せた。

いきなり、良介に「俺の女」呼ばわりされたからか、彼女は唖然《あぜん》とした様子で抵抗する素振りもない。

「おい、俺の女に手ぇ出そうとしやがって、覚悟はできてんだろうな？」

一歳上の女子大生の肩をしっかり抱き、ドスを利かせた声で言いながら、怒りを込めて睨みつける。

すると、二人の男は気圧《けお》されたらしく、たじろぐ素振りを見せた。

肉体労働をしていたこともあって、良介はかなり筋肉質な体つきである。長袖のパーカーを羽織っているとはいえ、胸回りなどを見れば体格は分かるはずだ。おそらく、知らない人間からすれば腕っ節も強く見えるだろう。もしかしたら、格闘技をやっていると思われているかもしれない。

一方、二人の男はガラが悪そうではあるが痩身《そうしん》気味なので、腕力は大したことがなさそうだ。もちろん、それでも一般的な女性では彼らに抗《あらが》えまいが。

ただ、本格的な喧嘩になったら、体格はよくても暴力沙汰とは無縁な良介が、二人を同時に相手にして勝てるとは思えなかった。しかし、そんな弱味を今ここで見せるわけにはいかない。

そう思ってしばらく睨みつけていると、間もなく男たちは、「ちっ」と舌打ちしてバックドアを閉め、そそくさとワンボックスカーに乗り込んだ。そして、車を駐車場の出口に向かって走らせる。

おそらく、この海水浴場での女性の調達は諦めたのだろう。

「ふぅ。助かった。刃物とか出されたら、さすがにどうしようと思ったよ。大丈夫ですか、柊木さん？」

男たちの車が見えなくなってから、良介は安堵の吐息をつきつつ肩を抱きかかえた一歳上の女子大生を見て、そう問いかけた。

「あ……う、うん……その、サンキュー、良介」

と応じてこちらを見た彼女は、顔面蒼白で強張った表情を浮かべ、小刻みに震えている。

麻優はボーイッシュで、基本的には性格も男勝りではある。しかし、今回は良介が駆けつけなかったら男たちに連れ去られていたかもしれないのだ。そのあと、何をされるかを想像したら、恐怖心が拭えないのも仕方があるまい。

が、間もなく彼女の目が大きく見開かれ、真っ青だった顔色がたちまち真っ赤になった。

「ん？　柊木さん、どうし……」

疑問を口にしかけてから、こちらもようやく今の体勢に気付いた。

良介は、助けに入ったときのまま真昼の肩をしっかり抱きかかえ、彼女と密着していたのである。

「あっ！　す、すみません！　僕なんかに肩を抱かれて、嫌ですよね？」

と言って慌てて手を離すと、麻優が「あっ」と少し残念そうな声をあげる。

「コホン。それにしても、良介？　その……よく、あたしの居場所が分かったな？」

気持ちを切り替えるように、彼女がそう訊いてきた。

「柊木さんが逃がした女性と、運よく遭遇したおかげですよ。事情は、あの人の話でなんとなく察しましたけど……」

「う、うん。あいつらが、あの女性を強引に車のほうへ引っ張っていくのが見えたから、あとを追いかけて助けたんだ。でも、そうしたら……あたし、自力で切り抜けられるって思っていたんだけど、想像していたよりも力が出なくて、抵抗しきれなくてさ……肩を壊す前までなら、なんとかなったと思うんだけど……」

と、一歳上の女子大生が悔しそうに唇を噛んだ。

正義感の強い麻優のことなので、見ず知らずであっても危うい状況にあった女性を放っておけなかったのだろう。それは、日頃の言動を見ていれば容易に想像がつく。

ただ、今は肩の状態が日常生活に支障のないレベルまで回復したとはいえ、未だに筋トレなど強い負荷はかけられないそうだ。そのため、現在の腕力は並の女子と同等かそれ以下のようである。

そんな自分の現状を省《かえり》みずに、他人を助けようとした行動はある意味で立派だが、もう少し慎重であってもよかったのではないか、と思わずにもいられない。

「とにかく、無事でよかったですよ。さあ、理香さんと美春さんのところに戻りましょう」

そう言って、良介は歩きだしたのだが、一歳上の女子大生はその場に立ち尽くしたままである。

「ご、ゴメン。まだ、ちょっと歩けそうにないや」

良介が振り向くと、麻優が震える声でそんなことを言った。事実、彼女の脚は小刻みに震えている。

（ああ、あんな目に遭ったんだから、仕方がないか。でも、どうしよう？　ここに突っ立っているわけにもいかないけど、肩を貸して歩ける状況でもなさそうかな？　だけど、おんぶとかお姫様抱っことかして理香さんや美春さんのところに戻るのも、さすがにちょっとなぁ……）

何しろ、穴場的な海水浴場とはいえ、大学のプールと違って砂浜には客が大勢いる。そこを、背負ったり抱きかかえたりして歩いていたら、おそらくビーチで注目の的になってしまうだろう。

麻優はもちろんだが、良介もその羞恥プレイにとても耐えられる気はしなかった。

ただ、「トイレに行く」と言ってパラソルから離れたこともあり、手元にスマートフォンがないので理香や美春に連絡を入れられない。

かと言って、今の麻優をこの場に残して良介が二人を呼びに行くのも、いささか気が引ける。

「仕方がない。柊木さん、抱っこをしてあそこの岩陰まで運びますよ？」

そう言って、良介は駐車場の先にある岩場を指さした。

そこは、ごつごつした岩場が広がっており遊泳禁止区域なので、人が滅多に近づかない場所である。

あの岩陰にいれば、陽射しを避けられる上に人目にもつかないため、しばらく一人にしておいても問題あるまい。そこで麻優を休ませている間に、良介が二人の部員を呼びに行けば万事解決するだろう。

「だ、抱っこって……前に、美春がされたみたいな？」

「まぁ、そうなりますね。柊木さん、歩けそうにないし。おんぶこそ、その、気になりますよね？」

何しろ、上にラッシュガードのパーカーを着ているとはいえ、背負えばバストが良介の背中に当たるのは間違いない。

そのことに気付いたらしく、麻優が頬を赤くして俯いた。

「まぁ、今は人目もないし、岩場までなんで我慢してください。じゃあ、嫌かもしれないけど、触りますよ？」

そう言うと、良介はかがんで彼女の足と背中に手を回した。そして、ヒョイと抱き上げる。

すると、麻優の体温や身体の柔らかさ、それに潮の香りが混じった芳香が鼻腔をくすぐり、牡の本能を刺激する。

（イカン、イカン！　これは人助け……）

「お、重いだろ、良介？」

「いや、ちっとも。僕、バイトでもっと重たいものも運んでましたし。じゃあ、行きますよ？」

彼女の焦った問いかけに、平静を装いながら応じると、良介は岩場に向かって歩きだした。

麻優はというと、日焼けした直後のように顔を真っ赤にして、以後はすっかり沈黙してされるがままになっていた。

# 5

岩場に入った良介は、なるべく陽射しが届かない場所を探した。そして、少し奥まったところに適当な岩陰があったので、そこで麻優を下ろす。

「ふう。ここなら、柊木さんも休めますね？　それじゃあ、僕は理香さんと美春さんを……」

と、きびすを返そうとした良介の手が、不意に握られた。

反射的に良介が振り返ると、ボーイッシュな美女の顔が急に迫ってきている。

そのため、回避することもできず、良介の唇に一歳上の女子大生の唇が重なった。

(なっ!?　ひ、柊木さんからキスを!?)

まったく予想もしていなかった行動に、良介はただただ硬直するしかない。

すると、間もなく麻優が唇を離した。そうして、顔を真っ赤にしながら上目遣いでこちらを見た彼女の目には、今までとは明らかに異なる熱がこもっている。

「ひ、柊木さん？」

「あ、あのさ、『麻優』って呼んでくれよ。由紀乃さんもそうだけど、理香先輩と美春のことも名前で呼ぶようになったんだからさ」

　困惑する良介に対して、麻優がそんなことを言う。

　そういえば、彼女がいるところでは、ずっと理香と美春のことを姓で呼んでいたのだ。しかし、指摘されるまでまったく意識していなかったが、麻優を助けたあとは、つい名前呼びをしていたのである。

「でも、それは……いや、分かりました。その、麻優さん」

　ためらったものの、良介は一歳上の女子大生を名で呼ぶことにした。

　ここで、彼女だけ名前呼びを拒めば、逆に他の二人との関係を怪しまれかねない。

　ただ、キスをしてきたり、名前呼びを求めたりした麻優の行動の理由がどうにも分からないため、困惑の気持ちのほうが先に立ってしまう。

　すると、そんな戸惑いが顔に出たのか、彼女が言葉を続けた。

「それで、あの……キスしたのは、助けてくれたお礼で……その、いつも情けないって思っていた良介が、助けに来てくれたときはなんだかすごく逞《たくま》しくて、格好よく見えてさ。それに、抱っこされている間も、とってもドキドキして……そしたら、なんか気持ちが抑えられなくなって……って、何言ってんだ、あたし？」

　顔を真っ赤にしたまま、麻優がしどろもどろになりながらそう言って、自分の頭を

抱える。それから、すぐに彼女は、

「ああ、もうっ。その、変なことを言ってゴメンな、良介。それに、男みたいなあたしにキスされても、ちっとも嬉しくなかったよな？　でも、あたしだって、えっと、男への興味はあって……だけど、こんな性格だからさ……」

と、顔を曇らせた。

ボーイッシュな麻優だったが、決して異性に興味がないというわけではなかったようである。

しかし、彼女は女子大に通っていることに加え、かなり勝ち気な性格である。それ故に、男性からのアプローチは期待しづらかったのだろう。

一方で、自分から気持ちを打ち明けるのも、その性格的に難しかったというのは、なんとなく想像がつく。

また、良介を嫌っているような態度だった理由が、「情けなさそうだったから」だというのは、今の告白で改めてよく分かった。

どうやら、勇気を振り絞って悪漢から助けた良介の行動が、一歳上のボーイッシュな女子大生のハートを射貫いてしまったようである。

「あ、あのさ、良介？　あたし、興味はあっても実際の経験はなくて……でも、その、良介となら……きゃあっ、さすがに恥ずかしいよっ」

そう言って、麻優が両手を頬に当てて再び俯いてしまう。

ただ、言葉を濁したものの彼女が何を言いたかったのかは、容易に想像がつく。

（ま、まさか麻優さんのほうから、エッチの誘いを……でも、僕は理香さんと美春さんともエッチしていて……もし、麻優さんにまで手を出したら、幽霊部員以外の全員と関係することに……）

もちろん、麻優はボーイッシュな見た目で性格も男勝りな面はあるが、充分に魅力的な美女である。したがって、理香と美春の件がなければ、悩むことなくお誘いに応じていただろう。

しかし、ただでさえ他の二人の部員と肉体関係を持って思い悩んでいるところに、麻優とまでしてしまったら、あまりに節操がなさすぎではないか？

そう考えると、さすがにためらわざるを得ない。

「やっぱり、あたしみたいな男女《おとこおんな》となんて、良介だってエッチしたくないよな？」

躊躇の理由を誤解し、上目遣いでこちらを見た女子大生が、なんとも悲しそうに言って、再び目を伏せる。

こうして、自分に魅力がないと思ってしょんぼりしている麻優が、いつもの凛々《りり》しさからは想像できないくらい、なんとも弱々しく、同時に愛らしく見えてならない。

それに、彼女を勘違いしたまま悲しませるのは、良介としても本意ではなかった。

(誤解を解くには……ええい、こうなったら！)

とうとう意を決した良介は、ボーイッシュ美女を強く抱きしめた。

その突然の行動に、彼女が「えっ!?」と驚きの声をあげる。

しかし、それに構わず良介は一歳上の女子大生に顔を近づけると、意外なくらい可憐な唇を今度は自分から奪う。

すると、麻優は目を見開いて「んんっ!?」とくぐもった声をこぼし、身体を強張らせた。

そうして、いったん唇を離すと、彼女は呆然とした表情で身じろぎ一つせずに、こちらを見ていた。

「麻優さんは、充分に魅力的だと思いますよ？」

と良介が声をかけると、フリーズしていたボーイッシュな女子大生がようやく再起動して目をぱちくりさせる。

「えっ？　あっ……だ、だけど、あたしは喋り方もこんなだし、スタイルだって理香先輩や美春と比べたら……」

（いやいや。あの二人と比べたら、おそらく世の半分以上の女性が見劣りしちゃうと思うよ）

麻優の言葉に、良介は内心でそうツッコミを入れていた。

もちろん、同じ水泳部員で二人の水着姿を間近で見ているからこそ、自分のスタイルに自信をなくしている、というのは理解できる。しかし、それは比較対象のレベルが高すぎるだけで、麻優自身に魅力がないというわけではないのだ。

二人のナンパ男にしても、目の前のボーイッシュな美女に女性としての魅力を見いだしたから、さらおうとしたのだろう。

「麻優さんは、もっと自信を持っていいと思いますよ。オッパイだって……」

そう言って、良介はビキニの上から彼女のふくらみに手を這わせた。

それだけで、麻優が「んやっ」と可愛らしい声をこぼす。

（おおっ。やっぱり、理香さんや美春さんのオッパイより小さいけど、ちゃんと柔らかさと弾力もしっかりあって、水着越しでも充分にいい触り心地だよ）

手の平に広がった感触に感動を覚えながら、良介は指に力を込めて優しく乳房の愛撫を始めた。

「んあっ、あたしのっ、んあっ、オッパイッ、んんっ、つまんないだろ？　あんっ、んんっ……」

微《かす》かに喘ぎながら、ボーイッシュな女子大生がそんなことを口にする。

「いやいや。とっても素敵なオッパイですよ？」

「なっ……ば、バカ！」

こちらの褒め言葉に、彼女は茹《ゆ》で蛸《だこ》のように真っ赤になった顔を背けてしまった。

ただ、耳まで赤くなっているため、照れているのは否応なく伝わってくる。

（とはいえ、これだけ密着して正面からだと、ちょっと揉みにくいな……そうだ！）

そう考えた良介は、いったんふくらみから手を離した。

すると、麻優が「あっ」と戸惑ったような声をあげて顔を上げる。

そんな態度に構わず、良介は彼女の手を摑んで手近な岩に腰をかけた。そして、女子大生を引き寄せるなり身体を反転させて、膝の上に座らせる。

「えっ？　ちょっ……この体勢……」

「このほうが、オッパイを揉みやすいですから」

困惑する麻優にそう応じて、良介は両手を前に回して彼女のバストを捉えた。それから、素早くビキニをたくし上げ、ふくらみを露わにして鷲摑みにする。

（こうやって、じかに触れると、手にしっかり収まるサイズだって分かるし、感触も

ダイレクトに伝わってきて、やっぱりいいなぁ）

「んやっ！　あんっ、りょ、良介？」

良介が乳房の感触への感想を抱いていると、ボーイッシュ美女が戸惑いの声をあげた。やはり、異性にふくらみを触られた経験がないため、困惑しているらしい。

「おっと、すみません。すぐ、揉んであげますね」

そう声をかけて、良介は乳房を優しい手つきで揉みしだきだした。

「あっ、あんっ、ちょっと、違っ……ああっ、それっ、あんっ！　ふあっ、やっ、ひゃうっ……！」

たちまち、麻優が甲高い声で喘ぎ始める。どうやら、予想以上に敏感になっているようだ。

そうして感じている彼女の姿を見ていると、少し意地悪をしたくなってしまう。

「麻優さん、そんなに声を出していたら、駐車場まで聞こえちゃいますよ？」

「あっ。でもぉ、オッパイを揉まれると、ビリビリって電気が走るみたいでぇ」

こちらの指摘に、ボーイッシュな女子大生がそんな言い訳めいたことを口にする。

「じゃあ、やめますか？　僕、人に見られるのはさすがに嫌なんで」

「ええっ!?　も、もう、良介って意外と意地悪なんだなっ。じゃあ、こうしたらいいだろう？」

そう言うと、彼女は自分のパーカーの袖を噛んだ。

なるほど、こうしていれば大声を出すリスクは大幅に減るだろう。

そこで良介は、乳房への愛撫を再開した。

「んんっ！　んっ、んむっ、んんんっ……！」

手の動きに合わせて、麻優がくぐもった喘ぎ声をこぼしだす。しかし、潮騒《しおさい》もあるので、これくらいならよほど接近されない限りは誰かに聞かれる心配はないだろう。

そんなことを思いながら、ひとしきりふくらみの手触りを堪能する。

間もなく、良介は彼女の胸の頂点にある二つの突起の存在感が増してきたことに、手の感触で気がついた。

そこで、両方の乳首を指で軽く摘まんでみると、麻優が「んんーっ！」と呻くような声をあげて、小さくおとがいを反らした。反応から見て、袖を噛んでいなかったら周囲に響き渡るような大声を出していたかもしれない。

どれほどボーイッシュでも、やはりこの部分は弱かったようだ。

そう分析をしつつ、良介はクリクリと乳頭を弄りだした。

「んんっ、んむううっ！　んむっ、んふむっ、んんんっ……！」

愛撫と同時に、女子大生がくぐもった喘ぎ声をこぼし、身体を小刻みに震わせる。こちらから顔を見ることはできないが、この反応だけで相当の快感を得ているのは伝わってくる。

良介は、いったん愛撫を止めて片手を離し、彼女の下半身に向かわせた。そして、ショートパンツの中に手を入れ、水着の上から秘部に指を這わせてみる。

途端に、麻優が「んむううっ！」と声を漏らして全身を強張らせる。

（おっ。けっこう、濡れているっぽいかな？）

水着越しながら、指の腹に湿り気をはっきり感じて、良介はそう分析していた。

先ほどまで泳いでいたので、正直これが海水の残滓なのか愛液なのか、指の感触だけでは判断がつかなかった。ただ、湿っているのは間違いない。

（まあ、どっちでも問題ないか）

と考えた良介は、筋に合わせて指を動かしつつ、乳首への愛撫も再開した。

「んむううっ！　んんっ、むむううっ！　んんっ、んっ……！」

刺激が強すぎるのか、麻優がくぐもった喘ぎ声をこぼしつつ、身体をビクビクと震わせる。

そうしていると、指に伝わってくる湿り気がいっそう増してきた。

そこで良介は、水着のショーツとインナーをかき分けて、秘裂に指をじかに這わせた。それから、少し割れ目に押し込むようにしながら、擦るような指使いで愛撫を行なう。

「んんんんっ！　んむっ、んんうう！　んんっ、むううううぅぅぅぅぅぅっ……！」

すると、麻優がたちまち身体を強張らせ、おとがいを反らしながら長い声を漏らした。同時に、指に絡みつく蜜の量が増す。

（これって、もしかしてあっさりイッた？）

そう思いながら、良介は乳首と秘部から指を離した。すると、彼女もようやく袖から口を離す。

「んあああ……はぁ、はぁ……イッちゃったよぉ……んふうう、あたしぃ、良介にイカされたぁ……」

後ろからは表情を窺《うかが》うことはできないが、そんな麻優の放心した声を聞くだけで、良介は興奮が限界まで高まるのを抑えられなくなっていた。

# 6

「麻優さん？　僕、もう我慢できません」

「んはあ……あっ……う、うん。えっと、あたしも、その、良介が欲しい……のかも？」

　こちらの求めに対し、ボーイッシュな女子大生が呆けた声で応じる。疑問形なのは、未経験なため自身の本能の欲求を理解しきれていないせいだろう。

（うーん、本当なら先に一発抜きたいんだけど……）

　そうは思ったものの、何しろビーチに理香と美春を待たせたままである。初めてのフェラチオを経験させる時間的な余裕は、さすがにあるまい。したがって、たとえ暴発の可能性はあっても、ここは思い切って挿入してしまうべきだろう。

　そう判断した良介は、彼女のショーツとパンツとビキニパンツにまとめて手をかけた。しかし、膝に座られたままでは脱がすことができない。

「んあ……じ、自分で脱ぐよ。もう、良介はせっかちだなぁ」

　こちらの意図を察した麻優が、恥ずかしそうに言ってフラフラと立ち上がった。

それから彼女は、ショートパンツを脱いでビキニのショーツを露わにし、さらに恥ずかしそうにそれをインナーごと下げて、下半身を露出させる。

女子大生がこちらを向くと、男を知らない秘裂とうっすら生えた恥毛が愛液で濡れているのが見えて、なんともエロティックに思えてならない。

そこで良介もいったん立ち上がり、海水パンツを脱いで勃起した分身を出した。

「ええっ!? ち、チン×ンって、そんなに……」

肉棒を目にした途端、麻優が驚きの声をあげ、すぐに慌てた様子で自分の口を手で塞ぐ。

「動画とかで、見たことはないんすか?」

「す、少しだけあるけど、モザイクがかかっていたし……そんなのが、あたしの中に……は、入るのかよ?」

と、ボーイッシュな女子大生が小声で不安そうに応じる。

「大丈夫っす。僕を信じて、任せてください」

そう安心させるように言いつつ、良介は自分の言葉に内心で苦笑していた。

(僕を信じて任せて、か。こんなこと、ちょっと前までなら絶対に言えなかったよな)

このような台詞を言えるようになったのも、理香と美春と肌を重ねたおかげである。あがり症が治ったわけではないが、二人との関係を経て多少は男としての自信がつき、最近は自分でも少し積極的になったような気がしていた。

「分かった。じゃあ、あたしはどうしたらいい？　正直、声を我慢できる自信はないんだけど……？」

と、麻優が不安そうに言う。

「そうですねぇ……あっ、だったら……」

少し考えて、良介は一つの案を思いつき、自分のラッシュガードを脱いだ。そして、それを先ほどまで座っていた岩に敷いて、その上に改めて腰を下ろす。

「麻優さん、自分で挿《い》れてください」

「えっ？　じ、自分で？」

こちらのリクエストに、ボーイッシュな女子大生が困惑の表情を浮かべる。

「はい。そのほうが、色々と我慢できるんじゃないですか？」

「そ、そうかな？　……あー、そうかも。分かった」

ひとまず納得したのか、麻優はそう応じて、恐る恐るまたがってきた。そして、一物をおっかなびっくり握る。

「ひゃっ。チン×ン、すごく硬くて熱い……本物って、こんなふうになるんだな？」

引きつった声をあげながら、彼女は先端を自分の秘裂にあてがった。が、そこで動きを止めてしまう。

「ほ、本当に大丈夫なのかよ？　あたしのあそこ、裂けたりしないよな？」

ボーイッシュな女子大生が、なんとも不安そうにそんなことを口にする。

初めてということもあり、どうしても挿入に恐怖心があるようだ。

(普段の性格とか言葉遣いは、けっこう男っぽい感じなんだけど、こういうところを見ると、麻優さんもやっぱり普通の女性だって思うよなぁ)

今日は、つくづく彼女のいつもと違う面を、よく目にしている気がする。

そんな感想を抱くと、ついつい口元がほころんでしまう。

「あっ。良介、何を笑っているんだよ？　あたしが怖がっているのが、そんなに面白いのか？」

こちらの表情に気付いた麻優が、唇を尖らせて文句を言う。

「つと、すみません。いや、なんだか今の麻優さんはすごく可愛いなと思って」

良介がそう応じると、彼女の顔がまた一気に茹であがった。

「かつ、かわ……バカっ、何言ってんだよ？　ううっ、年下のくせになんか生意気だぞっ」

と、ボーイッシュな女子大生が睨みつけてくる。しかし、それが怒りではなく照れ隠しなのは明らかなので、まったく怖さがない。

脅しの効果がないことを察したらしく、麻優はすぐに「はぁ」とため息をついた。

「と、とにかく……ずっと、こうしているわけにもいかないし……そ、そろそろ挿《い》れるからな？」

そう言って、彼女が恐る恐る腰を下ろしだす。

すると、陰茎が生温かなものに少しずつ包まれていくのが、はっきりと感じられた。

「んんんっ……は、入ってくるの、分かるぅ」

そんなことを口にしながら、麻優はさらに腰を下ろしていった。

が、良介が先端に抵抗を感じたところで、彼女もピタリと動きを止める。

美春との経験で、そこが処女の証なのはこちらも分かっている。一歳上の女子大生としても、この先に進むのに抵抗感があるのだろうか？

良介としては、ここまで昂っている以上は最後までしたかったが、女性に無理をさせる気もないので、躊躇する彼女に声をかけようとした。

しかし、その前に麻優が歯を食いしばって腰に力を入れた。

途端に、筋繊維がブチブチとちぎれるような感触が、ペニスの先端にもたらされる。

「んぐううううっ！　んんんんっ！」

ボーイッシュ美女が、なんとも辛そうな声をあげて動きを止めた。どうにか、大声を出さずに済ませたものの、表情は苦悶に歪《ゆが》んでいる。さすがに、かなりの痛みがあったのだろう。

とはいえ、美春と違って破瓜の瞬間に口を閉じて大声を我慢したのは、大した精神力と言うべきか？

「麻優さん、途中で止めているより、最後まで一気に下ろしちゃったほうが楽だと思いますよ？」

と、良介は辛そうな彼女に声をかけた。

実際、中途半端な体勢でいるよりは、しっかり挿入してしまったほうが多少は落ち着けるだろう。

麻優もそれを理解したのか、「うん」と応じて腰を一息に沈めた。

「んんんんんっ！　んはあああ！」

奥まで一物が入りきった途端、さすがに我慢しきれなかったらしく、彼女が短く甲高い声をあたりに響かせる。

そうして、すぐに一歳上の女子大生がグッタリと虚脱して良介に抱きついてきた。

「はああ……はぁ、はぁ、ふう……い、痛いよぉ……けど、良介のがあたしの中に入っているの、んふう、はっきり分かるぅ……」

息を切らしながら、麻優が独りごちるようにそんなことを口にする。

良介は、彼女の背中に片手を回して抱きしめつつ、もう片方の手で後頭部を撫でた。

それに対して、麻優は「あっ」と声をこぼしたものの、あとは体重を預けてされるがままになる。

(麻優さんの中、すごい締めつけ……だけど、なんかうねって気持ちいい)

ジッとしていると、彼女の膣内の感触がしっかりと感じられた。

小柄な美春の膣より締まりがいいものの、ペニスにまとわりつく膣肉が微かにうねっているおかげで、動かなくても快感がもたらされる。

もっとも、理香も含めて膣内の感触に優劣などつけられるはずもなく、誰の中も絶品だという感想しか抱けないのだが。

良介がそんなことを思っていると、顔を上げた麻優が涙で濡れた目でこちらを見た。

しかし、その瞳には苦痛以外の熱がこもっている。

間近で見つめ合うと、自然に唇の距離が近づく。そうして、良介は彼女と唇を重ねると、すぐ口内に舌を入れた。

「んんっ！　んっ、んむうっ！　んじゅぷ……」

麻優は驚きの声をあげ、良介を避けるように舌を動かす。

だが、それがかえってこちらの舌使いを促すことになっていると、果たして彼女は気付いているのだろうか？

さらに舌を絡ませていると、次第に女子大生の身体から力が抜けるのが感じられた。また、逃げるようだった舌の動きが、怖ず怖ずとだが良介の舌を捉えるようなものに変化している。おかげで、舌から伝わってくる性電気もより強まった。

そうして、ひとしきりディープキスをしてから、良介はいったん唇を離した。

「ふはああっ。はぁ、はぁ、良介ぇ……」

呼吸を乱しつつ、見つめてきた彼女の表情はもうとろけており、苦痛の色がすっかり消え失せているように見える。

「麻優さん、痛みは大丈夫ですか？」

「あっ……う、うん。なんか、痺《しび》れるような感じはまだあるけど……今は、良介をはっきり感じられて、幸せな気持ちのほうが強いや」

こちらの問いに、麻優がそう応じた。どうやら、舌を絡めるキスの心地よさで、破瓜の痛みが和らいだらしい。

「じゃあ、そろそろ動いてもらっていいですか？」

「えっ？　あたしが？」

こちらの言葉に、麻優が驚きの声をあげる。

「だって、これじゃあ僕は動けないし」

「あっ、そっか。でも、できるかな？」

「大丈夫ですよ。あ、でも最初はエロ動画みたいに動こうとしないほうがいいです。多分、上手にできないんで」

「へえ、そうなんだ。けど、そんなことまで知っているなんて、やっぱり良介はもうエッチの経験をしているんだな？」

と、彼女から胡乱な目を向けられて、良介は返答できずに目を逸らしていた。

果たして、このボーイッシュ美女は良介が理香と美春の二人と関係を持った事実に気付いているのだろうか？

しかし、麻優はすぐに「はぁ」とため息をついて、肩をすくめた。

「まぁ、ここであれこれ言っても仕方ないよな？　今は、あたしだけを見て、あたしで感じてくれればいいや」

そう言うと、彼女は良介の首に改めて腕を回し、控えめな上下動を始めた。

「んっ、んっ、んあっ、あんっ、これくらいっ、んあっ、痛くないっ、あんっ、んはっ……」

抑え気味の抽送に合わせて、麻優が小さな喘ぎ声をこぼしだす。

その声や表情を見た限りでは、痛みを感じていないのは本当のようだ。

「んあっ、あんっ、これぇ……んはっ、あうっ、んんっ……！」

と、ボーイッシュな女子大生は声を漏らしながら腰を振り続けた。

やがて、恐らく無意識だろうが良介があれこれ言うまでもなく、彼女の動きが次第に大きくなってきた。さらに、自分で気持ちよくなると判断したのか、くねらせるような動きも混ぜだす。

すると、狭い膣肉の締めつけが、よりいっそう強まる。

「ああっ！　あっ、あんっ、いいっ！　でもっ、んあっ、声っ、ああっ、我慢できないっ！　んちゅっ……」

甲高い声をあげるなり、麻優が唇を重ねてきた。そして、そのまま大きめの上下動と腰の回転を合わせて行なう。

もちろん、彼女の動きはまだ理香と比べてぎこちなかった。だが、つい先ほどまで処女だったボーイッシュな女子大生が自ら腰を振っている、という事実が興奮を煽ってやまない。

何よりも、真夏の陽光が降り注ぐ中、潮騒の音と潮の香りに包まれながら岩陰で一歳上の美女と情事に励んでいることが、なんとも不思議な感覚で、同時に昂りを生みだす気がしてならない。

「んんっ！　んっ、んむっ、んんっ、んじゅっ、んんんっ……！」

二人の唇の接点から、女子大生のくぐもった喘ぎ声がこぼれ出て、動きがより大きくなっていく。

口を塞がれたせいで、アドバイスは口にできなくなったが、もはやそんな必要もないだろう。

（と言うか、こっちがもう限界かも……）

あまりの心地よさに射精感が湧いてきて、良介は焦りを禁じ得なかった。

先に一発抜いていなかったのだから、不慣れな彼女の腰使いでもこうなってしまうのは仕方があるまい。ただ、このままだと中出しをしてしまうのは間違いなかった。

（さすがに、麻優さんにまでそれはマズイ気が……）

と思ったものの、口を開きたくても今はしっかりと塞がれているせいで、言葉を発することができない。

それに、キツくしがみつかれているため、強引に上からどかすのも難しい。場所が場所なので、下手をすれば彼女に怪我をさせてしまうだろう。

良介が、焦りながら思案していると、麻優の動きが小刻みなものに変わった。膣肉も妖しく蠢き、ペニスにもたらされる甘美な刺激が強まる。どうやら、彼女も達しそうなようだ。

「んっ、んっ、んんっ、んむっ……！」

キスをしたまま激しく腰を動かされると、脳内で始まっていた発射へのカウントダウンが一気に早まる。

（くうっ！　もう出る！）

とうとう限界を迎えた良介は、女子大生の子宮をめがけてスペルマを放った。

「んんんっ!?　んむううううぅぅぅぅぅぅぅぅ!!」

ほぼ同時に、麻優も動きを止めてくぐもった絶頂の声をあげるのだった。

# 第四章　とろけ悶える人妻女子大職員

## 1

「麻優さん、いったいなんの用なんだろう？」

二十一時すぎ、良介は自転車を走らせながら、そう独りごちていた。

海で麻優と関係を持って、早くも一週間。

あの日、行為のあと理香と美春のところに戻った良介は、当然の如く二人に事情の説明をする羽目になった。とはいえ、その内容は「女性を助けた麻優が、逆にさらわれそうになったところを良介が救った」「彼女がショックで動けなくなったため、しばらく休んでいた」「麻優が一人になるのを不安がって、なかなか離れられなかった」程度にとどめ、身体を重ねた事実は伏せたのだが。

したがって、少し歩きにくそうにしていたり、良介に対する態度がよそよそしかったりしたのも、すべて「ショックのせい」ということにしたのだった。

もちろん、理香と美春からは胡乱な視線を向けられたが、「実は岩陰でセックスをしていた」などと、正直に言えるはずがあるまい。

ただ、ボーイッシュな女子大生の体調と精神面を考慮して、すぐに帰宅することになったため、深く追及されなかったのは幸運だった。

しかし、あれからというもの、麻優は部活の最中も熱っぽい目で良介を見つめるなど、以前とは態度があからさまに変わってしまったのである。もっとも、そのことを爆乳の先輩に指摘されると、彼女は「助けてくれたときの良介が、すごく格好良かったから」と言うだけにとどめていたが。

理香は、ボーイッシュな後輩の好みがどういう男か知っていたらしく、その言い訳に「まぁ、良介って意外と逞しいものね」と納得の面持ちを見せていた。だが、そうしてこちらを見た目に、すべてを察して少々呆れの色が浮かんでいるようだったのは、果たして気のせいだろうか？

また、美春も海水浴以来、良介に対して積極的に話しかけてくるようになった。とはいえ、これが海でビキニを披露したことによる開き直りなのか、良介と麻優の関係が変化したのを悟ってアピールを強めているからなのか、こちらにはさっぱり見当がつかない。

いずれにせよ、活動中の水泳部員全員と深い仲になってしまったのは、紛れもない事実なのである。

この一連の出来事を、仕事を紹介してくれた隣家の恩人に、きちんと説明するべきだろうか？

迂闊に喋れば、激怒されて解雇という事態は大いにあり得るが、秘密にし続けるのも罪悪感があって難しい。

ここ数日、そんなことを考えながらもなんら解決策を思いつかず、思考が堂々巡りしていた。

今日も、入浴後にベッドに寝転がって思考の沼に落ちていたところ、麻優から電話がかかってきて、「お願いがあるんだ」と海浜公園に呼び出されたのだった。

海浜公園は、海水浴に行ったところから程近い別の海水浴場の陸地側に整備された公園で、普段から市民の憩いの場になっている。

この時間、園内の施設は当然の如く閉まっているが、公園自体には門や塀がないので、施設さえ利用しなければ出入りは自由なのだ。

ちなみに今日、会社員の父は出張、看護師の母は夜勤で不在なため、二十一時過ぎに出かけても咎《とが》められる心配はない。もちろん、成人しているのだから何時にどこに行こうが干渉される筋合いはないのだが、さすがに何も言わずに出るわけにもいかなかっただろう。その意味で、両親が揃って不在なのは幸運だったと言える。

そうして、自転車を走らせて海浜公園の北口にある駐輪場が近づいてくると、街灯の下に立っている麻優の姿が見えた。

「あっ、いた。麻優さん、お待たせしま……って、その格好……」

彼女の傍で自転車を止めた良介は、声をかけてから驚きのあまり目を丸くしていた。

普段のボーイッシュな女子大生の私服は、上がシンプルなシャツ類で下はズボンという活動的な格好ばかりだった。しかし、今は上こそ半袖のTシャツだが、下は膝上二十センチほどのデニム地のミニスカート姿なのである。

「りょ、良介、ちゃんと来てくれたんだ。よかったぁ」

麻優が、こちらの驚きを気にするよりも先に、安堵の声を漏らす。

「そりゃあ、来ますって。ところで、お願いっていったいなんですか？」

「えっ？　あー、その……ここじゃなんだし、ちょっと場所を変えようぜ」

良介の問いかけに、視線を泳がせながら麻優がそう応じる。

（ああ、確かにここは道端だもんな。って言うか、そんなに話しづらいお願いをする気なのか？）

ボーイッシュな女子大生の態度を怪訝《けげん》に思いながら、良介は駐輪場にあった彼女の自転車の横に自分のも停める。

そうして、良介が自転車から降りると、すぐに麻優が手を握ってきた。

「ちょっと、こっちに来てくれよ」

そう言った彼女が、手を引っ張って公園内に向かう。

良介のほうは、その行動に呆気に取られ、ただついていくことしかできない。

それにしても、ひと気のなくなった公園で、関係を持ったミニスカート美女の後ろ姿を見ていると、肉体関係を持っているせいもあって、自然に不埒《ふらち》な考えが浮かんできてしまう。

そんなこちらの思いをよそに彼女が向かったのは、海浜公園中央付近にある、木が等間隔に茂った林の中だった。そのあたりには街灯もなく、月明かりだけが足下の頼りである。計画的に整備されたところでなかったら、木の根などにつまずいて転んでいたかもしれない。

もちろん、昼間であればここでも人目を完全に避けるのは難しいだろう。しかし、ほぼ深夜と言っていい時間だと、遊歩道から外れればよほど近づかれない限り勘づかれないはずだ。

(こんな場所に僕を連れてきて、いったいなんのお願いを?)

良介が、首を傾げつつそんなことを考えていると、立ち止まった麻優が手を握ったままこちらを向いた。

「あ、あのさ……あたしのこの格好、変……じゃないかな?」

「えっ? あっ、えっと……スカート姿を見たのは初めてで、ビックリしました。けど、麻優さんによく似合っていますよ」

彼女の問いかけに、良介は素直にそう応じた。実際、見慣れないため違和感がないと言ったら嘘になるが、ボーイッシュな女子大生にデニム地のミニスカートは意外なくらいマッチしている。

こちらの返答に、麻優が「そっかぁ」と嬉しそうな笑みを浮かべた。

そんな表情を見ただけで、自然に胸が高鳴ってしまう。

「あ、あの、それで僕にお願いというのは?」

「あー、うん……えっとぉ……」

動揺を誤魔化すように質問すると、彼女がやや言い淀んだ。

（本当に、どうしたんだろう？　と言うか、そこまで口にしづらい頼み事っていったい……？）

という疑問を抱いていると、麻優は躊躇してから意を決したようにこちらを見た。

「あのさ、ここであたしと……その、エッチして欲しいんだ」

あまりに意外な言葉に、良介は「ええっ⁉」と大声を出しそうになり、慌てて自分の口を手で押さえた。

「な、何を言っているんですか、麻優さん？　こんなところでしたら、誰かに見られちゃうかも……」

「大きな声や物音を立てなければ、大丈夫だと思うぜ。ここって、この時間はほぼ人が来ないし」

声のボリュームを落とした良介の指摘に被せて、ボーイッシュ美女がそう応じる。

確かに、海浜公園自体が住宅地から離れており、さらに今いる場所も公園の中心部から外れている。いくら人の出入りが自由とはいえ、誰かが来る可能性は低いだろう。

「だ、だけど、どうしてわざわざこんなところで？」

良介は、そう疑問をぶつけていた。

前回は仕方なかったが、今回は呼び出しなのだから、自宅なりホテルなり違う場所を選ぶこともできただろう。それなのに、人様に見られるリスクを自ら冒《おか》す理由が、さっぱり分からない。

するとと、麻優が少し言い淀んでから、恥ずかしそうに口を開いた。

「それは、その……良介としたとき、あの岩場だったじゃん？　あたし、誰かに見つかるんじゃないかって不安だったんだけど、同時にすごく興奮しちゃってさ。なんて言うか、あのスリルが忘れられなくなっちゃったんだよ」

なるほど、どうやら岩陰での青姦《アオカン》の快感が、彼女の脳に焼きついてしまったようである。特に初めてだったことが、いっそう強い記憶となったのかもしれない。

もちろん、実際に見られたい、というわけではあるまい。それでも、人に見られるかもしれない場所での行為で得た昂りを再び味わいたくなって、ここに呼び出したようだ。

（いや、でもなぁ。確かに、僕も興奮したけど、さすがにちょっと……）

最近は、理性のタガが外れやすくなっている気はするが、良介はもともと真面目で常識的な人間である。それだけに、一歳上の女子大生の求めに、おいそれと乗ってしまうことには抵抗と戸惑いを覚えずにはいられない。

「やっぱり、あたしなんかと二度目のエッチをするの、嫌かな？　それに、スリルで興奮するなんて、なんだか変態みたいだし」

良介が戸惑って返事をできずにいると、しょんぼりして麻優が言った。

（あっ、ヤベ。僕が拒んでいる、みたいに思わせちゃったかな？）

どうやら彼女にも、自分がいささか常識から外れた行為を求めている、という自覚はあったらしい。

また、麻優はもともと異性との恋愛に憧れながらも、ボーイッシュな格好や言動をやめられずにいた。良介との初体験でセックスの悦びを知ったといっても、まだ女性としての自信を充分には持てていないのだろう。

そう分かっているだけに、ここまであからさまにガッカリされると、さすがに申し訳なさを感じずにはいられない。

何より、彼女が普段は穿かないミニスカート姿で生足を曝け出しているのが、ただただ良介に見せるためなのは明らかだった。その思いを無下にできるほど、こちらも醒《さ》めてはいない。

（ええい、男は度胸だ！）

と開き直った良介は、麻優を抱きしめた。

「えっ？　りょ、良介？」

突然の行動に、ボーイッシュな女子大生が困惑の声をあげる。

しかし、それに構わず良介は、彼女の唇を強引に奪った。

## 2

「んっ。レロ、レロ……」

良介の股間に顔を埋めた麻優が、ぎこちない舌使いで亀頭を舐め回す。

事前に胸を愛撫していたこともあり、彼女のTシャツはめくれあがったままになっているが、その向こうに見えているのはブラジャーではなく競泳水着だった。

麻優は、「良介はこっちのほうが悦ぶかと思って」と、服の下に下着の代わりに競泳水着を着用していたのである。

実際、このサプライズに興奮を煽られたのは間違いない。

そうして、良介が水着越しにふくらみを揉みしだいていると、勃起に気付いた女子大生が「あたしも、チン×ンにしてあげようか？」と言い出したのだった。

初体験のときは、場所が場所で、しかも理香と美春を待たせていたため、口淫などの奉仕をしてもらわなかった。そのことを、彼女も気にしていたらしい。

ただ、彼女も知識は多少持っていても、男性への奉仕は未経験である。そこで、良介の指導でフェラチオをすることになったのだった。

初めてペニスをまじまじと見た彼女は、良介が逐一指示を出さないといけないくらい、何もできなくなってしまった。とはいえ、それは美春も同じだったのだから仕方があるまい。

こうして、まずは先端を舐めさせている次第である。

（ああ……あの、麻優さんが僕の前で跪いて、チ×ポを舐めてくれて……）

今さらのように、そんな感動が湧き上がってくる。

ほんの一週間ほど前までは、男勝りな彼女がこのようなことをしてくれるなど、想像もできなかった。そのような相手が、今は自らペニスに舌を這わせている。しかも、Tシャツとミニスカートの下に着ているのが競泳水着なのだから、興奮が倍増するのは当然だろう。

さらに、夜の公園というシチュエーションによる背徳感のおまけ付きである。

そのせいか、ボーイッシュ美女の舌使いが美春の初めてのときより稚拙でぎこちなくても、あまり気にならない。

ひとしきり亀頭を舐めると、麻優が「ふはっ」と声を漏らして舌を離した。

「えっと……つ、次はこれを、口に入れるんだよな？　けど、全部入るかな？」

と、ボーイッシュな女子大生が一物を見つめて不安そうに言う。

「あっ、無理に入れなくても大丈夫です。えっと、できる範囲で構わないんで」

「へえ、そうなんだ？　分かった。やってみる。あーん」

良介のアドバイスを受け、麻優が口を大きく開けた。そして、先端部をゆっくりと口に含む。

そうして、生温かな口内に陰茎が徐々に包まれていくと、良介はつい「ううっ」と声を漏らしていた。

この感触は、何度されてもなかなか慣れるものではない。

竿の半分ほどまで口に入れたところで、女子大生が「んんっ」と苦しげな声を漏らして動きを止めた。

美春よりは少し深い感じだが、概《おおむ》ね同じくらいと言っていいだろう。やはり、初心者ではこれくらいが限界のようだ。

麻優は、少しそのままで息を整えた。それから、ゆっくりとストロークを開始する。

「んっ。んむ……んじゅ……んじゅぶ……」

ボーイッシュな女子大生の動きに合わせて、もどかしさを伴った心地よさが分身からもたらされる。

「ふあっ。気持ちいいっす、麻優さん」

そう褒めて髪を優しく撫でると、暗さと角度でよく見えないながらも、心なしか彼女の表情が和らいだように思われた。

それによって、ぎこちなく遠慮がちだったストロークが若干だが大きく早くなったので、機嫌がよくなったのは間違いないだろう。

おかげで、こちらにもたらされる快電流もより強くなる。

(ああっ、すごい。麻優さん、初めてなのに……)

想像以上の快感に良介が酔いしれているとボーイッシュな女子大生が「ふはっ」と息をつきながら陰茎を口から出した。そして、すぐに亀頭を舐めだす。

「レロ、レロ……チロロ……」

ひとしきり、先ほどまでより大胆に舌を這わせると、彼女はすぐにまた肉棒を咥え込んだ。

「んっ。んむ、んぐ、んぐ、んじゅ……」

そうして再開したストロークは、これまた先刻と比べてスムーズになって快感をもたらしてくれる。

座位での腰使いもそうだったが、麻優は飲み込みが早いらしい。

おかげで、予想外の心地よさが一物から生じて、射精感が一気に込み上げてきてしまう。

「くうっ！　もう出そうです！」

限界を感じて、良介はそう口にしていた。

ところが、このように訴えれば一物を口から出すかと思いきや、麻優は「んっ」と声を漏らし、ストロークを小刻みなものに切り替えた。

「んじゅっ、んむっ、んっ、んっ、んんっ……」

その行動だけで、彼女が何を望んでいるかは容易に想像がつく。

（ま、麻優さんに口内射精……）

そう考えた途端に、昂りがいっそう増してしまう。

しかし、いくら麻優が動くコツを掴んだと言っても、まだ射精を促すには刺激がいささか物足りない。

我慢できなくなった良介は、彼女の頭を掴んで自ら腰を動かしだした。

「んんっ!?　んむっ、んんっ、んぶっ、んじゅっ……！」

突然のことに、驚きの声を漏らすボーイッシュ美女の姿がなんとも妖艶で、それが牡の昂りを加速させる。

そして、とうとう限界を迎えた良介は、頭をしっかり押さえたまま麻優の口内にスペルマを解き放った。

「んんんんっ！」

くぐもった声を漏らしながら、麻優が口でスペルマを受けとめる。

（ああ……麻優さんの口を、僕の精液が……）

理香や美春のときも思ったが、自分のスペルマが女性の口を満たす光景には、なんとも言えない背徳感があった。また同時に、女性を征服したような満足感も得られるように思えてならない。

やがて、射精が終わって良介が頭から手を離すと、ボーイッシュな女子大生も肉棒を口から出した。

彼女は、その場にペタン座りをして呆けた様子を見せる。

ところが、良介がさすがに白濁液を吐き出すかと思っていると、麻優は「んっ……んぐ、んむ……」と声を漏らしながら、口を満たした白濁液を飲み始めた。

（うわぁ。麻優さんまで、精液を飲んで……）

そのいささか信じがたい光景を、良介は射精の余韻に浸りながら呆然と見つめるしかない。

「んっ……ふはああ。これが、精液……すごく粘っこくて、変な匂いと味だなぁ。でも、なんだかドキドキして、身体が熱くなってぇ……」

独りごちるようにそう言うと、麻優はフラフラと立ち上がった。そして、近くの木の幹に手をつき、ヒップを良介のほうに突き出す。

「良介ぇ。あたし、もう我慢できないんだ。後ろから、思い切り犯してくれよぉ」

そう言って、妖しく腰を振る女子大生の姿に、こちらも興奮を煽られて挿入への欲求を抑えられなくなってしまう。

良介は彼女の背後に移動すると、水着をかき分けて秘裂を露わにした。

インナーショーツを穿いていないそこは、大量の蜜ですっかり濡れそぼっている。

そんな様子が、よりいっそうの興奮をもたらしてくれる気がしてならない。

その昂りのまま、良介はいきり立った分身を割れ目にあてがい、一気に挿入した。

「んあぁっ！　んんんんっ！」

麻優は一瞬、甲高い声を響かせたものの、すぐに口を閉じて声を噛み殺した。

奥まで挿入すると、まだ狭い膣道が一物をギュッと締めつけてくる。だが、今はそれが心地いい。

「麻優さん、動きますよ？　声、我慢してくださいね？」

そう声をかけると、良介は彼女の腰を摑んで、荒々しい抽送を始めるのだった。

3

（うう……ある程度、覚悟はしていたけど、まさかこのタイミングで……）

八月に入って間もなくの土曜日の夕方、ラッシュガードのパーカーに競泳パンツ姿の良介は、聖桜女子大学の屋内プールで正座していた。

目の前には、紺色の競泳水着にグレーのラッシュガードのジャケットを羽織った由紀乃が立っている。そして彼女は、胸を強調するように腕組みをして、笑顔ながらも目が笑っていないという表情で、こちらを見下ろしていた。

今日は、つい先ほどまで地域の女子競泳大会が、ここで行なわれていた。もっとも、既に選手やその関係者はもちろん、大会の役員たちも引き上げて静まりかえっているのだが。

大会後の片付けや清掃は、役員たちがあらかたやってくれた。ところが、予定よりも大会の終了時刻が遅れ、最後の片付けの途中でプールの使用時間をすぎてしまった。

そのため、椅子を倉庫に戻す作業の残りは、大学事務員の由紀乃と、臨時とはいえ水泳部の監督をしている良介が受け持つことになったのである。

ちなみに、良介はウォーターセーフティの資格を持ち、しかも今は水泳部の臨時監督ということで、監視員の穴埋めを頼まれたのだった。もちろん、本来なら大会に付き合う筋合いなどないが、バイト代が出ると言うことならば断る理由もない。

ただ、隣家の人妻事務員も手伝うと決まったとき、良介は一抹《いちまつ》の不安を抱いていた。

と言うのも一週間ほど前の部活中、プールへと泳ぎに来た彼女に、理香と美春と麻優にベタベタされている姿を見られてしまったのである。

その場は、「全員成人だから、細かい事情に口は挟まないけど、良介くんは臨時監督で、みんなはまだ大学生なのを忘れないように」と注意されただけだった。

しかし、後片付けのとき二人きりになった時点で、実のところ嫌な予感はあったのである。

それが的中して、片付けがすべて終わるなり笑顔の由紀乃から、

「ところで良介くん？　二人きりなんだし、理香ちゃんたちとのことについて、正直に話してもらえるかしらぁ？」

と、問われたのだった。

表情こそ穏やかだが、有無を言わせない強さを含んだ言葉に、良介はダイレクトな怒りをぶつけられる以上の迫力を感じ、思わず正座してしまった次第である。

（ど、どうしよう？　なんて言えば……？）

いささか想定外のタイミングでの追及に、良介はパニックを起こしながらもどうにか考えを巡らせた。

もちろん、なんとか誤魔化すのも手かもしれない。しかし、一回り以上も人生経験の差があり、学生たちと接する機会も多い由紀乃の目を欺《あざむ》くなど、あがり症の自分にできるとは思えなかった。

かと言って、本当のことを話した場合、良介は解雇されてしまい、今後はお隣に住む人妻事務員と顔を合わせづらくなるだろう。

もっとも、たとえ監督でなくなったとしても、理香たちとの関係があっさり切れるかと言えば、そうはならない気もしていた。むしろ、余計なしがらみがなくなって積極的に迫られるのではないだろうか？

そもそも、三人の部員と肌を重ねたキッカケは、すべて相手からの誘惑なのだ。

当然、性欲を我慢できなかったこちらにも、大きな責任はあろう。それでも、自分から誘っていないと分かってもらえれば、少なくとも「見境なく女性に手を出すエロ魔人」などと思われることはないはずだ。

それに、由紀乃は無職状態の自分にこの仕事を紹介してくれた恩人である。恩を仇《あだ》で返して、さらに嘘を重ねる真似など、己の性格を思えばとても無理だろう。

そう考えた良介は、とうとう意を決して口を開いた。

「えっと、ですね。実は……」

と、良介は理香との初体験から海水浴で麻優と肉体関係を持った経緯まで、簡略化しつつも事実を包み隠さず話した。

こちらの話を聞いていた由紀乃は、最初こそ笑顔を貼り付けたままだったが、次第に呆れたような顔になった。そして、良介が話し終えると、額を押さえて「はあー」と大きな吐息をつく。

「……事情は、だいたい分かったわ。それにしても、理香ちゃんはともかく、あの美春ちゃんや麻優ちゃんまで自分から……事情を考えれば、二人がそういう気持ちになったのも分かる気はするけど……でも、良介くんは草食系だから大丈夫だろう、と考えていたわたしが浅はかだったわね」

困惑とも苦悩ともつかない表情で、人妻事務員がそんなことを言う。

どうやら、仕事を紹介した時点で理香が良介に絡むのは予想していたものの、男性を苦手としている美春とボーイッシュな麻優までなびくのは、彼女にとっても想定外だったらしい。

とはいえ、こちらの言葉を疑っている様子はないので、話自体を信じてはもらえたようである。

「その……なんか、色々すみません。それで、僕はいったいどうなるんでしょう？」

良介は、恐る恐る問いかけた。

普通に考えれば、明日にも由紀乃から大学に報告が上げられて解雇、という流れになるだろう。しかし、その覚悟はできていても、できることなら正規の監督が戻ってくるまで職務を全《まっと》うしたい、という思いもあった。

「うーん、そうねぇ……まずは、正座はもういいから立ってくれる？」

少し考えてから、人妻事務員がそんな指示を出す。

良介は、意図が分からず首を捻《ひね》りつつも、素直に立ち上がって彼女と向かい合った。

「さて、いくら女の子のほうから誘惑したとはいえ、監督が学生と身体の関係を持ったとなれば、本来なら解雇処分になるんだけど……」

由紀乃が言葉を選ぶように言って、そこで言葉を区切る。

彼女の、「本来なら」というやけに含みのある言い方に、良介は思わず「えっ？」

と首を傾げる。

すると、由紀乃がラッシュガードのジャケットを脱いで競泳水着姿を晒すと、ズイッと近づいてきた。そして、良介に身体を密着させてくる。

「なっ……ななな何を……？」

憧れの人妻の匂いと温もり、さらにふくらみの感触が伝わってきて、良介は素っ頓狂な声をプールに響かせていた。

彼女がこんなことをしてくるとは、まったく想定外の事態である。

「この件を、当事者以外で知っているのは、わたしだけでしょう？　だったら、わたしも共犯になってしまえば、大学に報告できなくなるわよねぇ？」

「えっ？　そ、それっていったい……？」

パニック状態の良介は、由紀乃の言葉の意味を瞬時には理解できず、つい疑問の声をあげてしまう。

「ふふっ。こういうことよ」

妖しい笑みを浮かべてそう言うと、美人事務員がこちらに顔を近づけてくる。

大人の色気が漂う美貌が接近してきて、良介のほうはただただ硬直するばかりでまったく身動きができない。

そして、とうとう彼女の唇が良介の唇に重なった。

「んっ……んちゅ、んむ……」

と、由紀乃が声を漏らしながら、ついばむようなキスをしだす。

（き、キス……由紀乃さんにキスされて……）

頭が真っ白になった良介は、唇からの感触にただただ浸ることしかできなかった。

すると、彼女が動きを止めた。そして、舌を口内に侵入させてくると、積極的にこちらの舌に絡めてくる。

「んじゅ……んむ……んんっ、むじゅぶ……」

（くおっ！　由紀乃さんの舌が……ああっ、気持ちいい！）

口内からもたらされた甘美な刺激に、良介すっかり夢中になり、身体の奥底から牡の本能が湧き上がってくるのを抑えられなくなっていた。

## 4

「ピチャ、ピチャ……」

「レロロ……んああっ、良介くぅん！」

静まりかえった屋内プールに、良介が舌を這わせる音と、由紀乃の甲高い声が響き渡る。

今、床に仰向けになった良介は、またがってきた人妻事務員とのシックスナインに励んでいた。

（くうっ！　僕が由紀乃さんのオマ×コを舐めながら、チ×ポを舐められて……まさか、由紀乃さんからシックスナインを望んでくるなんてなぁ）

ペニスからもたらされる心地よさに酔いしれながら、競泳水着をかき分けて露出させた秘裂に舌を這わせていた良介の心に、そんな思いがよぎる。

キスのあと、由紀乃のほうからこの行為を求めてきたのである。どうやら、彼女は互いに高め合うシックスナインがお気に入りだったらしい。

良介としても、憧れの相手とのキスで昂っていたので、隣家の人妻の申し出を断る理由がなく、受け入れたのだった。

ただ、出会って以降、何度となくオカズにしてきた憧れの女性にペニスを舐められ、こちらもその秘裂に舌を這わせているというのが、実際にしていてもまだどこか現実感が薄く思えてならない。

もちろん、肉棒からもたらされる心地よさ、秘裂の生々しい匂いや熱、愛液の味などすべてが、これが現実だと教えてくれている。しかし、予想外の状況に思考が追いついていないのだ。

由紀乃が夫と共に引っ越しの挨拶に来たとき、良介は彼女の美しさに目を奪われた。しかし、同時に相手が新婚であることに絶望したものである。

それでも、性への好奇心に目覚めて日が浅い青少年だった良介は、隣家の人妻から手ほどきを受ける妄想を何度となく思い浮かべていた。それが、いささか形は違えど現実になっているのだから、興奮しないはずがない。

もちろん、彼女がどうして良介と関係を持とうと思ったのか、という疑問はあった。しかし、憧れの相手から実際に求められたら、理由などどうでもいいという気になってしまう。

そんな思いのまま、良介は割れ目から溢れてきた蜜を舐め取る舌使いに、より力を込めた。

「んあああっ！　あむっ。んっ、んっ、んぐっ、んむっ……！」

甲高い声をあげた由紀乃が、陰茎を深々と咥え込んでストロークをしだす。

しかし、快感のせいか彼女の動きはかなり乱れがちだった。が、それがかえってイレギュラーな刺激を生じさせて、肉棒から思いがけない心地よさが流れ込んでくる。

(ああ……これ、ヤバイ。気持ちよすぎて、油断したらすぐにイッちゃいそうだよ。でも、せっかくなら由紀乃さんと一緒に……)

という思いを抱きながら、良介は秘唇に親指をあてがって大きく広げた。そうして、蜜で濡れそぼったシェルピンクの肉襞に舌を這わせる。

「ピチャ、ピチャ、レロロ……」

「んんんーっ！　んじゅぶる！　んむむっ！　んぐうっ！」

刺激が強すぎたのか、由紀乃の動きがいちだんと乱れた。それでも、一物を口から出さずにいるのは、さすがと言うべきだろうか？

「んんっ！　んぐっ、んじゅっ、んむっ……！」

すぐに彼女は、反撃とばかりにストロークを大きく速くした。すると、肉棒からもたらされる快電流がより強まる。

(ああっ！　こ、これはマジでヤバイ！　もう出そうだ！)

初めてのシックスナインの興奮も相まって、良介は早くも射精の予感を抱いていた。もっとこの行為を堪能していたい気持ちはあったが、これだけの性電気をいなせるほどの経験値は、あいにくまだ持ち合わせていない。

「ふはっ。良介くんっ、ああっ、出そうっ、あうっ、なのねっ？　んあっ、いいわよぉ！　ああんっ、わたしの顔にっ、んあっ、キミのミルクッ、ああっ、かけてぇ！　レロ、レロ……」

先走りを舐めて状況を察したらしく、由紀乃が肉茎を口から出してそう訴えた。それから、すぐに先端部を熱心に舐め回し、同時に竿を改めて握るとシコシコとリズミカルにしごきだす。

おかげで、二種類の快感がまとめて押し寄せてきて脳を灼く。

（くうっ！　さすがに、もう……だけど、どうせなら由紀乃さんも！）

その一心で、良介は秘唇の奥で存在感を増した肉豆に狙いを定めた。そして、そこを舌先でチロチロと弄り回し始める。

「ひああっ、そこぉ！　レロッ、ピチャ……！」

甲高い声をあげた人妻事務員が、どうにか先端を再び舐めだす。しかし、快感のせいだろうが、彼女の行動は手の動きを含めてかなり乱れている。

ただ、それがかえって想定外の心地よさに繋がって、カウントダウンが早まってしまう。

（はううっ！　もう……出る！）

限界を察するのと同時に、良介はクリトリスを舌先で強く押し込んだ。

「ひあああんっ！　それぇぇ！　あはあああぁぁぁぁぁん!!」

たちまち、由紀乃がおとがいを反らしてプール内に絶頂の声を響かせた。

途端に、秘裂の奥から吹き出した透明な液が、良介の口にプシャッと降りかかる。

これが、「潮吹き」といわれる現象なのは間違いあるまい。

そこで限界を迎えた良介も、スペルマを思い切り発射していた。

「あああんっ！　熱いの、わたしの顔にぃぃぃ……」

そんな由紀乃の陶酔した声が、耳に届いてくる。

シックスナインなので、こちらから姿を確認できないものの、勢いよく出た白濁液が彼女の顔にかかったことは、今の言葉で容易に想像がつく。

（はあぁ……由紀乃さんの潮吹き……それに、顔に精液をぶっかけて……）

その背徳感は、想像を遥かに上回るものだと言っていいだろう。

そうして射精が終わり、良介が余韻で呆然としていると、人妻事務員が緩慢な動きで上からどいた。

目を向けると、彼女の顔と胸には大量のスペルマが付着し、床にボタボタとこぼれ落ちている。

「すごいわ、良介くん。こんなに濃いのを、いっぱい出してぇ……オチ×ポの大きさにも驚いたけど、精液まで……これは、若い子たちが虜になるのも納得だわぁ」

愉悦の表情を浮かべた由紀乃が、そんな感想を口にする。

その彼女の淫靡さに、良介はつい目を奪われていた。

二歳上の理香も、顔立ちや体型のせいもあって年齢よりやや大人びているので、性行為のときにはかなり妖艶に見える。だが、実年齢で一回りを越えて上の由紀乃の顔から醸し出される色気は、爆乳女子大生のそれとは違うものに思えてならない。

良介がそんなことを考えていると、人妻事務員は自分の水着のストラップに手をかけた。そして、自ら引き下げて上半身を露わにする。

（うわぁ。あれが、由紀乃さんの生オッパイ……）

半球型のふくらみを目の当たりした良介は、ただ目を丸くしてそこに見入っていた。

競泳水着姿を見ているので、おおよそ想像はついていたものの、こうして生で目にするとやはり違う。とにかく、年齢を感じさせないきめ細かく白い肌と、乳房の頂点にあるピンク色をした少し大きめの乳暈と突起の存在が、水着のままではあり得ない妖艶さを醸し出していた。

バストサイズとしては、美春以上理香未満といったところだが、形の整い方や全体のバランスという点を加味すると、一つの美の完成形に達している気がしてならない。

「良介くん？　もう挿《い》れても平気な気はするけど、その前にオッパイを弄ってもらえるかしら？」

こちらが胸に見とれていることに気付いたのか、由紀乃が楽しそうにそう言った。

そこで良介は、ようやく我に返った。

「あっ……えっと、わ、分かりました。じゃあ、後ろからでいいっすか？」

「ええ。そのほうが、オッパイを揉みやすいだろうし」

と応じて、十三歳上の事務員が横座りのまま背を向ける。

由紀乃の髪はボブカットなので、後ろからは肩から背中まで白い肌が丸見えである。

それだけでも、むしゃぶりつきたくなるような色気が感じられて、牡の昂りが増してしまう。

その高まりをどうにか堪えながら、良介は彼女に近づいた。そして、前に手を伸ばしてバストを両手で鷲摑みにする。

途端に、由紀乃が「ああんっ」と甘い声をこぼす。

それにさらなる興奮を覚えながら、良介は指に力を入れて乳房を揉みしだきだした。

「あっ、あんっ！　んはあっ、あううっ……！」

たちまち、由紀乃が甲高い喘ぎ声をプール内に響かせ始める。

（これが、由紀乃さんのオッパイの手触り……想像していた以上に、すごくいいな）

そんな感想が、心の中に湧いてくる。

彼女のふくらみには理香よりも弾力があり、張りとしては美春や麻優に近い。しかし、大きさがあるため揉みごたえは爆乳女子大生寄りと言っていい。

もちろん、大きさや揉んだときの手応えがすべてではないが、このバストが絶品の手触りなのは紛れもない事実である。

その興奮のまま、良介はさらに指に力を込めた。

「ああーっ！　あんっ、これぇ！　んあっ、こんなっ、はううっ、久しぶりぃ！　あんっ、いいわっ！　はうっ、ああっ……！」

愛撫に合わせて、プールに響く由紀乃の声がいちだんと大きくなる。

（久しぶり？　ってことは、旦那さんとしばらくエッチしてないのかな？）

ふくらみを揉み続けながら、良介はそんなことを思っていた。

理由は分からないが、どうやら彼女と夫は久しく夜の営みをしていなかったらしい。

（だったら、由紀乃さんを僕がもっと感じさせてあげなきゃ）

という使命感にも似た思いが湧いてきて、良介は乳首を摘まんでクリクリと弄り回しだした。

「ひゃうぅぅんっ！　それっ、きゃふっ、ビリビリしてぇ！　ああっ、もう我慢できないっ！　はああっ、良介くんっ！　あんっ、欲しいっ！　はううっ、オチ×ポッ、ああんっ、早く挿《い》れてぇ！」

刺激が強すぎたらしく、由紀乃が悲鳴のような声で喘ぎながら、そう訴えてきた。

そこで良介は、いったん愛撫を止めた。

「じゃあ、このままバックからしていいっすか？」

「んああ……いいわよぉ。良介くんの、んふう……したいようにしてぇ」

こちらの問いに、彼女が甘い声で応じる。

良介が胸から手を離すと、人妻事務員が自ら前のめりになって四つん這いの姿勢を取った。

大きめのヒップが突き出され、それを目にしただけで自然に昂りが増す。

良介は彼女の股間に手を伸ばすと、水着とインナーをかき分けて秘部を露わにした。

シックスナインで既に目にしているところだが、こうして後ろから眺めるのもなかなかに趣《おもむき》がある。特に、濡れているのが愛液だけでなく自分の唾液も混じっているからだ、というのが興奮を煽ってやまない。

その牡の本能の求めるままに、良介は片手で一物を握り、角度を合わせて秘裂に先